手切れ金代わりに渡されたトカゲの卵、実はドラゴンだった件

DRAGON DATTA KEN

追放された雑用係は竜騎士となる

KUSANOHA OWL

草乃葉オウル

ILLUSTRATION

有村

TEGIREKIN

GAWARINI WATASARETA

TOKAGE NO TAMAGO, JITSUHA

DRAGON DATTAKEN

MAIN CHARACTERS
キルト
『キルトのギルド』のギルドマスター。行くあてのないユートを雇う。
ロック
謎の卵から生まれた赤いちび竜。親代わりのユートを慕う。
ユート
上級冒険者ギルド『黒の雷霆』を追われた少年。困った人を放っておけないお人好し。

ヘイズ
『黒の雷霆』のギルドマスター。
ユートを追放した
横暴な人物。
シウル
ヘイズの恋人。
珍しい魔獣が好きで、
やたら荷物が多い。
???
とある工房で働く職人。

第1章　雑用係《ざつようがかり》と謎《なぞ》の卵《たまご》

「ユート・ドライグ、お前は任務失敗の責任を取り、本日付けで解雇《かいこ》となる」

ヘンゼル王国の上級冒険者ギルド『黒《くろ》の雷霆《らいてい》』――

そのギルドマスター、ヘイズ・ダストルは無表情で言い放った。

「そんな！　俺はむしろ失敗しないように提案を……！」

「お前は中途半端《ちゅうとはんぱ》な知識をひけらかして探索《たんさく》を撹乱《かくらん》させ、依頼《いらい》の品ではない卵を持ち帰らせた。その結果、俺のギルドの看板《かんばん》に泥《どろ》を塗《ぬ》り、パーティ全員の名誉《めいよ》を傷つけた」

俺――ユートの言葉を無視し、用意した解雇のための理由をただ読み上げていくヘイズ。

そのすべては事実無根《じじつむこん》だ。

逆に俺は任務を成功させるために助言をしただけなんだ……！

◇　◇　◇

時は少しさかのぼる――

「見つからねぇなぁ……ロックバードの卵」

俺たちパーティが険しい山岳地帯を突き進むこと数時間……。

とある貴族から採取《さいしゅ》を依頼された魔獣《まじゅう》の卵はまだ見つからない。

ロックバードは鷲《わし》のような姿をした巨大怪鳥だ。

獰猛《どうもう》で優《すぐ》れた飛行速度と戦闘能力を持つほか、数が少なく滅多《めった》に出会えないことも特徴の1つとされる。

そんな魔獣の卵ともなれば、簡単に見つからないのは当然だ。

「ったく、貴族様もなんでこんな魔獣の卵を求めるのかねぇ。偉《えら》い奴の考えることはわからん」

ギルドマスターのヘイズがまたもぼやく。

貴族が魔獣の卵を求める理由は1つしかない。

生まれたての魔獣は初めて見た者を親と認識することが多く、そうなればどんな危険な魔獣もペットに出来るからだ。

生まれた後、少しでも本来の親と接してしまった子どもはもうダメ。

その段階ですでに人間を敵だと理解してしまっている。

本当に生まれたて、すなわち卵の状態で手に入れなければ、ロックバードなんて恐ろしい魔獣を手なずけることは出来ない。

そして、貴族の間では、自分がどれほど危険な魔獣を手なずけているかを競う遊びが流行《はや》っていた。

とはいえ、危険な魔獣の卵を探して持ち帰るという行為が、危険でないはずがない。

さらに、目当ての魔獣と出会い、その魔獣が卵を産んでいる確率まで考えると……まともな人間ならいくら報酬《ほうしゅう》を積まれたってこんな依頼を受けないだろう。

しかし、ギルド『黒の雷霆』のマスター、ヘイズ・ダストルは受けてしまった。多額の成功報酬に目がくらんで……。

そして、俺はその卵を探すパーティの荷物持ちをやらされているというわけだ。

14歳の時に田舎《いなか》を出て憧《あこが》れの王都にやって来たものの仕事が見つからず、ダメもとで頭を下げて入れてもらったのが上級ギルド『黒の雷霆』だった。

門前払いだろうなと思っていたギルドに入れてもらえたから、俺は張り切って仕事をした。

ただ、俺には剣も魔法も大した才能がなく、やってることと言えば掃除《そうじ》、洗濯《せんたく》、荷物持ち……。

それでも食べていけるだけの稼《かせ》ぎはあったし、ギルドが所有する建物に格安で住まわせてもらえた。

不満はたくさんあったけど、王都で暮らすにはこれも仕方ないと思っている。

でも、今回の仕事は……キツい。

やたらと重い荷物はまだしも、ロックバードの卵を探すとなれば、その親であるロックバードと戦闘になる可能性が高い。

並《なみ》の魔獣を相手にするのとは命の危険度が段違いだ。

それなのにヘイズは、最近ギルドに入れたばかりの自分の女を連れて来ている。

彼女は実力も実績もほとんどないのに、荷物の多さだけは一人前《いちにんまえ》だった。

「ちょっとあんた！　汗だくじゃないの不潔《ふけつ》！」

大きな目を吊り上げて、ヘイズの女が俺に詰め寄って来る。

「す、すみません……！　でも、こんな大荷物じゃ……」

「言い訳しない！　あんたの汗のせいで私の荷物がダメになったら弁償《べんしょう》してもらうからね！」

言うだけ言って、その女はヘイズにすり寄りに行ってしまった。

こんな調子でよく上級ギルドの評価を得られるなと毎回不思議に思う。

俺だって男だ……。王都に出て来たからには腕っぷしで名声を上げようと思っていたし、どこかの冒険者ギルドに入って活躍したいと思っていた。

そんな中でいきなり上級ギルドに入れた時は、本当に幸運だと思ってたんだけどなぁ……。

ヘイズおよびその仲間たちの仕事っぷりは酷《ひど》いもので、人々からの評判が良いとも思えない。

それなのになぜか稼ぎはいいんだよなぁ……。

「おいっ！　あれ卵じゃないのか!?」

パーティメンバーの1人が、目の前にそびえ立つ断崖絶壁《だんがいぜっぺき》を指さして叫ぶ。

確かに崖《がけ》の中腹あたりに卵のような物が引っかかっていた。

「よし、ユート……お前が登って取って来い」

「えっ!?　でも、あんな高いところ危険じゃ……」

ヘイズの命令に俺は戸惑《とまど》う。だが、彼はそんなことお構いなしに早口でまくし立てる。

「じゃあ、他の奴が危険に晒《さら》されるのはいいのか？　さっさと行って来いよ。今のところ周りに敵《てき》影《えい》はないが、いつロックバードが帰って来るとも知れない。その時に一番戦力にならないのはお前なんだよ」

「……はい」

荷物を一旦降ろし、代わりに卵を入れるためのカゴを背負《せお》う。

日々の雑務で鍛《きた》えた体はなまっちゃいないが、落ちたら死にかねない高さを命綱《いのちづな》なしで登るのは怖いなんてものじゃない。

でも、俺に逃げ場なんてない……。

嫌がったところで、ヘイズが決定を覆《くつがえ》すことはないんだ……！

ならば、行くしかない。意を決して崖に手をかけ、握力と腕力と脚力で登っていく。

「あと少し……あと少し……」

もうちょっとで卵が手の届く距離に……！

その卵の表面は薄《うす》い赤色で、ところどころに紅色の斑点《はんてん》がある。

これは確かに聞いていたロックバードの卵の特徴《とくちょう》に近い……のだが、違う点も多々ある。

サイズが小さい気がするし、斑点ももう少し細かいものが散らばっているはず……。

何よりロックバードは高く鋭《するど》い岩柱の上に草木で巣を作り、そこに卵を産むらしい。

でも、ここは崖のど真ん中……まったく話と異なる。

むしろ、これらの特徴は、山ならどこにでもいる雑魚《ざこ》モンスター『イワトカゲ』の卵に近い……。

「とりあえず下に持って行こう……。ここで考え事をするのは危ない……」

卵をカゴに入れ、俺は命からがら崖の下まで戻って来た。

すると、ヘイズたちは俺には見向きもせずに卵をカゴから取り出し、大事そうに抱えて撫で回し始めた。

「フフフ……俺の大事な金の卵ちゃ～ん！　ついに手に入れたぞ～！」

「今夜はパーッと派手《はで》にお祝いしましょうよ、ヘイズ！」

「ああ！　他のギルドの奴らに見せつけてやるんだ！　俺たちの栄光を……！」

「ちょっと待ってください！　その卵はロックバードのものじゃないかもしれません！」

俺が会話に割って入ると、ヘイズたちは心底不機嫌《ふきげん》そうな顔をする。

それでも依頼失敗の可能性を考えると、言わずにはいられない。

剣も魔法もダメな分、俺は知識を詰め込んだ。

魔獣の卵に関しても、そこら辺の冒険者よりは詳しい自信がある。

「ロックバードの卵に非常によく似ていますが、どちらかと言えばイワトカゲの卵に近いと思います。サイズや殻《から》の模様《もよう》、他にも表面の手触りとか重量をもっとよーく調べればハッキリしたことがわかるはず……」

「はぁー……。萎《な》えるわ、お前」

「そ、そんなこと言われても事実は事実で……」

「これはロックバードの卵だ。どこからどう見ても。俺の目に狂いはない！　なぁ、みんな？」

ヘイズに同意するパーティの仲間たち。

俺はいつものように孤立《こりつ》してしまった。

「ということで依頼の品の入手は完了した。後は貴族様に届けるだけだ。ほら、余計な口を動かす前にさっさと荷物を持て、雑用！　卵だけは俺が持つがな！」

俺の言葉は聞き入れられず、ヘイズたちは帰路を急ぐ。

悔しいけど……これで良かったのかもしれない。

ロックバードの卵なんて見つけようとして見つかるものじゃないし、見つけても親であるロックバードに皆殺しにされるのがオチだ。

このまま間違った卵を届ければ貴族にこっぴどく叱られるだろう。

でも、流石《さすが》にそれで殺されることはない。

みんな生きて帰れるなら、イワトカゲの卵でもいいじゃないか。

ただ、気になるのは……イワトカゲの卵とも少し違う点があるってことだなぁ。

◇　◇　◇

そして、俺たちは案の定《あんじょう》クライアントの貴族にこっぴどく怒られた。

彼は卵発見の知らせを受けて、わざわざギルドの拠点《きょてん》にまで足を運んで卵を貰《もら》い受けに来たのに、それがどこにでもいる雑魚魔獣の卵だったんだ。

まあ、キレるのは当然だよな！

「まったく！　上級ギルドを名乗っているくせに最強クラスの魔獣と雑魚の卵を間違えるのか!?　それでよくマスターが務まるなぁ!?　期待してここまでやって来て損したわッ!!」

「も、申し訳ございません……」

「もう二度とこのギルドに仕事は頼まん！　この雑魚の卵も当然いらん！　イワトカゲなぞ飼《か》う価値もないわ！　ここで放し飼いにでもしておけ！　無能ギルドにはそれがお似合いだ!!」

「本当に申し訳ございません……」

ただただ頭を下げるヘイズと仲間たち。

もちろん、俺も下げ慣れた頭をひたすら下げる。

貴族はひとしきり怒りまくった後、最後に問題の卵を床に投げ捨てながらこう言った。

「このことはグランドマスターに報告させてもらおうか」

「そ、それだけは……ッ！」

ヘイズの顔色が明らかに変わる。

そして、何を思ったのかヘイズはこちらにやって来て、俺の首根っこを掴んで床に引き倒した。

完全に油断していた俺は歯を食いしばることが出来ず、歯で口の中を切ってしまう。

ジワリと血の味が広がる……。

「こいつのせいなんです！　今更言い訳をするつもりではありませんが、こいつが絶対にロックバードの卵だと言い張るもので、私はマスターとしてチャンスを与えてやりたくなってしまったのです！　2年間もギルドにいるのに何の結果も残せていないこいつにチャンスを……！」

何を言い出すんだこいつは……!?

確かに戦いでは役に立たないが、それ以外のことは何でもやっている！

いつも命だって懸《か》けているんだ……！

それに卵の件は、むしろ間違いを指摘《してき》したのに……！

だが、首根っこを掴まれ、床に強く押し付けられている状態では真実を口に出すことも出来ない。

「こいつを解雇します！　責任を取らせるために……！　なので、どうか……！　グランドマスターへの報告だけは……！　おやめください、お願いします……!!」

「……ふん、仕方あるまい。私にも慈悲《じひ》の心はある。グランドマスターへの報告だけはやめておこう。ただし、このギルドを二度と利用しないというのは本当だ！　せいぜい反省しろクズども！」

「ありがとうございます……！　本当に申し訳ございませんでした……！」

ガンガンと俺の頭を床に叩き付けるヘイズ。

口から流れ出た血が床に広がる……。

間もなくして貴族は去り、ようやく安堵《あんど》の空気が流れた。

「ふぅ……。何とか最悪の事態はまぬがれた。あんな無理難題を依頼してくるイかれた男爵《だんしゃく》なんてこっちから願い下げだ！　クソが……ッ！」

ヘイズが立ち上がり、俺の首から手が離れた。

これでやっと声が出せる……！

「マ、マスター……さっきの話……嘘《うそ》ばっかりじゃないですか……！」

口から流れる血を拭《ぬぐ》い、断固《だんこ》としてヘイズに抗議する。

しかし、俺に向けられた彼の目は氷のように冷めていた。

「ユート・ドライグ、お前は任務失敗の責任を取り、本日付けで解雇となる」

「え……ええっ!?」

そんなの……受け入れられるはずがない。

このギルドに愛着があるとは言い切れないけど、冒険者という仕事は好きだ。

危険だが誰かのためになる、やりがいのある仕事だ。

俺は弱いけど、冒険者でいたい……！

でも、冒険者で居続けるためには、複数存在するギルドのどれかに所属していなければならない。

フリーの冒険者も存在すると聞くが、それはすでに高い実績を積み上げた人だからこそ仕事として成り立っているだけだ。

俺は最低ランクのE級冒険者……当然1人では何も出来ない。

『黒の雷霆』をクビになってしまえば、俺は住む場所も失う。

この王都に居場所がなくなってしまうんだ……！

さらに、俺が探索を妨害したとヘイズが言い出した。

あんまりな仕打ちに俺は声を荒らげる。

「こんなの理不尽《りふじん》です！　俺は確かに弱いけど、雑用係として毎日みんなの役に立ってきた！」

「雑用係なんざ代わりがいくらでもいるんだよ！　お前みたいな無能でも務まる仕事なんだからな！　俺はお前をクビにするとすでに宣言した……！　だから、お前はもう口を開くな！」

ヘイズの拳《こぶし》が俺の腹にめり込む……！

肺の中の空気が押し出され、一瞬呼吸が出来なくなる……！

「ギルドの宿舎からも出て行け。ライセンスカードから『黒の雷霆』のエンブレムも消しておく。二度と俺たちの前に姿を現すなよ、無能！」

「俺は……卵のことをマスターに助言した……。それを聞いてくれたら……！」

「ならもっと必死に俺たちを止めろよ！　どうせお前はしめしめと思ってたんだろ？　俺が恥をかくのをわかっていて、わざと別の卵を男爵に渡させたんだ！　全部お前のせいなんだよ……！」

「そ、そんな……！」

「お前ら、こいつを叩き出せ！　目障《めざわ》りな上に耳障《みみざわ》りだ！」

屈強な男2人が俺の両脇を抱えて、ギルドの拠点から引きずり出す。

そして、道端にポイッとゴミのように投げ捨てられた……。

「手切れ金代わりだ！　こいつも持って行け雑魚！　雑魚同士仲良くしてろ！」

蹴飛ばされて来たイワトカゲらしき卵が俺の肩に当たり、痛みでその場にうずくまる。

こんなのって……。卵1つでこんな目に遭うなんて……。

もはや、この王都に味方は1人もいない。

いや、最初から味方なんていなかったのかもしれない……。

「……お前も災難《さいなん》だな。勝手に持って来られて、ボールみたいに扱われて」

近くに転がっている卵を抱きかかえる。

重さ、手触り……うーん、わずかにイワトカゲとは違う気がする。

大きさもロックバードに比べれば小さいけど、イワトカゲにしては大きい。

「もしかしたら新種……」

いや、今はそんなことを考えている場合じゃない。

宿舎に荷物を取りに行かないと……。

そうしてやって来た宿舎では、俺の荷物がすでに外に放り出されていた。

先回りして誰かが管理人にクビを伝えたんだ。

管理人がニヤニヤしてこちらを見ている。

「おっ、無能くんが帰って来たな。荷物は全部そこに放り出してあるから持って行けよ。というか、お前全然荷物ないいんだな！　そりゃ安い給料に加えて、払わなくてもいい家賃《やちん》払ってんだから物も買えないか！」

「は、払わなくていい家賃……？」

「最後だから教えてやるよ。ここはギルドのメンバーなら誰でも無料で住める宿舎なんだ。金払ってんのは今のメンバーでお前だけ！　なぜって？　お前は最初から仲間じゃないからだよ！　ハハハハハッ！」

ヘイズに暴力を食らうより、こっちの方がよほどショックだった。

俺が感じていたほんのわずかな仲間意識すら、幻想《げんそう》に過ぎなかったのだと……。

「おかげで俺は収入が増えてウハウハだったよ！　これだから世間知らずの田舎者は助かる！　ありがとさーん！」

宿舎の管理人の声を背に受けつつ、俺は荷物を持って王都の外れの方を目指す。

とにかく今日泊まれる宿を確保しなくては……。

『黒の雷霆』の拠点がある王都の中心街は土地代が高い。よって宿代も高い。

手持ちの金で泊まるには、王都の中心からどんどん離れ、治安が悪いエリアに向かわなくてはならない。

「ここにしてみるか……」

看板に消えかかった文字で1泊銅貨5枚と書かれた宿を見つけた。

外観からして吹けば飛びそうなボロ屋だが、雨風をしのげる壁と屋根があるだけ贅沢《ぜいたく》だ。

それに値段もかなり安いと思う。

「すみません。1人で1泊お願いします」

受付は白髪《しらが》の目立つ、やせ細った初老の男性だ。

彼はめんどくさそうに顔を上げ、低い声でつぶやいた。

「銀貨1枚だ」

「え、看板には銅貨5枚……」

「銀貨1枚。それだけだ」

「……じゃあ銀貨1枚」

銀貨を差し出すと、無言で部屋のカギを投げ渡された。

「ちょっと蹴り入れれば開くドアのカギだがな。まあ、ないよりはマシだろう」

「あ、あはは……」

笑うしかない。心も体もボロボロだった。

そして、泊まる部屋もボロボロ。

中に入って気休め程度のカギを閉め、まるで弾力《だんりょく》のないベッドに荷物を置く。

ネズミがうろちょろしてるような環境でも、壁で仕切られた自分だけの空間というのは落ち着くものだ。

……と思ったのだが。

「……が刺《さ》されたぞー！」

「あいつだ！　……がやったんだ！　殺せッ!!」

「ウギャアアアアアッ!!」

……やっぱり落ち着かない！

壁が薄いから外の声がダイレクトに届く。

王都の外れは治安が悪いと聞いていたが、これほどまでとは……。

先の見えない未来への不安。さらに命の危険を感じて体が震えてくる。

立っていられなくなった俺は床に胡坐《あぐら》をかき、その脚の間に卵を載せる。

卵はほんのりあったかく、触れているとなぜか心が休まった。

間近でじーっくり観察してみると、やはりロックバードでもイワトカゲでもない卵の可能性が高い……気がする……。

ちょっと気を休めると、１日の疲れがドッと押し寄せて来た……。

宿の外の喧騒《けんそう》を聞きながら、俺は落ちるように眠りについた。

体を丸めて卵を温めるような姿勢のままで……。

◇　◇　◇

翌日――

俺は人生で一番目覚めたことを感謝する朝を迎えた。

武器を持たず、警戒《けいかい》もせず、容易《たやす》く開くドアの前で眠ってよく無事だったものだ。

「あっ、卵を抱えたまま寝てたのか……」

寝ている間に割れなくて良かった。

というか、そもそもこの卵は床に叩き付けられても、蹴飛ばされても割れなかったんだ。むしろ俺なんかに割ることが出来るのか？

それにイワトカゲの卵ってこんなに頑丈《がんじょう》なんだっけ？　以前読んだ図鑑《ずかん》には殻の強度に関する記述はなかった。でも、こんなに頑丈なら大きな特徴として伝わっている気も……。

ドクッ――ドクッ――ドクッ――！

「鼓動《こどう》の音……？」

まさか……生まれるのか⁉

俺の疑問に答えるように卵にヒビが入る。

ほ、本当に生まれて来るぞ！　おそらく新種が……！

ピシッ――ピシピシッ――バキィ！

そいつは自分の前足で分厚い殻を押し割って出て来た。

割れた殻の厚みを見ればわかる。これは相当に頑丈な殻だ……！

並の人間ではどうしようもないほどの！

それをこいつは……力任せに割って出て来た……！

「クー！」

元気な産声《うぶごえ》と共に現れたそいつは……。

「イワトカゲ……？」

体を覆うウロコ、ひょろ長いしっぽ、短い４本の脚、ギョロッとした目など、その姿はまさにトカゲだ。

ウロコの色が鮮《あざ》やかな紅色《べにいろ》なのと、体の大きさがすでに大人の猫くらいあることを除《のぞ》けば、こいつは魔獣イワトカゲそのものと言っていい。

色や大きさは個体差で片付けられるし、卵に関しても少し模様が違ったというだけで、別に新種でも何でもなかったのか……。

「まあ、凶暴《きょうぼう》な新種だったら殺されてたかもしれないし、これはこれで良かったのかも……」

赤いイワトカゲはまだ目が見えていないのか、その場でジッとしている。

「……ん？　背中に何か生えてるな」

それは小さな翼《つばさ》のように見えた。人間の手のひら大にも満たない弱々しい翼だ。

だが、その事実は大きい。イワトカゲには翼なんて生えない……！

……でも、翼のある亜種《あしゅ》という可能性もある。

この翼の小ささでは飛べないだろうし、通常のイワトカゲと能力面では大差ないだろう。

少し赤くて翼の生えた……ハネアカイワトカゲみたいな？

新種と言えば、新種なのかもしれないが……。

「クー！　クー！」

もう目が見えるようになったのか、イワトカゲは鳴き声を上げながら俺の周りをよちよち歩き始める。

きっと生まれて初めて見た俺を親だと思っているんだ……。

その姿はとっても愛らしいけれど、自分の面倒すら見られない俺に生き物を飼う資格は……。

特に魔獣はよく食べるからエサ代も馬鹿にならないと聞くし……。

「クウ！　クウウウ……！」

「ど、どうした？　お腹が空いたのか？」

急に唸り声を上げるイワトカゲ。

その視線の先には……やたらデカいネズミがいた。

宿屋の店主はやせ細っていたのに、その宿に巣くうネズミはまるまる太ってるなんて……皮肉なものだ。

「そんなに威嚇《いかく》しなくても大丈夫だよ。あいつらはたまに噛みついて来るくらいだから……」

「クアアアアアアッ‼」

イワトカゲが口から火を吐いた⁉

その火は見事にネズミを捉《とら》え、一瞬で丸焼きにしてしまった……！

「クーッ！」

丸焼きになったネズミにかじりつき、一口でバリバリと食べてしまうイワトカゲ。

……いや、これイワトカゲじゃないぞ！

雑魚の魔獣が、ネズミとはいえ生物を一瞬で殺すほどの火を吐けるはずがない！

それに吐かれた火は床や壁には飛んではいない。

狙いすましてネズミだけを正確に攻撃したんだ。

トカゲのような外見、背中の翼、火を吐く、そして生まれてすぐでこれほどの戦闘能力……。

「お前、ドラゴン……なのか？」

「クー？」

直接聞いても答えが返って来るはずないか……。

だが、少なくとも目の前にいる魔獣はイソトカゲじゃない。その亜種という範囲にも収まらない。特徴を正確に捉えて分析すればするほど、ロックバードなんて目じゃないくらいの伝説の魔獣……ドラゴンと思えてならない！

でも、そんなことってあり得るのか……!?

「おいっ！　チェックアウトの時間だぞ！　これ以上居座るなら追加料金を払ってもらう！」

宿屋の主《あるじ》がドンドンドンッと薄い扉を叩く。

「す、すみません！　今すぐ出て行きます！」

「……ったく、早くしろよ！」

主の足音が遠ざかっていく。

反射的に出て行くと言ってしまったが、今日泊まるあてもない。

まあ、見つからなかった時は、またお金を払ってここに泊まればいいか。

「クゥウウ……！」

大きな音に驚いたドラゴン……は扉に向かって威嚇している。

「大丈夫、大丈夫。あの人は敵じゃないよ。これからは急に火を吐いたりしないでね」

「クー！」

言葉がわかってるんだか、いないんだか。とりあえず、俺のことを親と思っているのは間違いなさそうだ。

宿から出るためにサッと荷物をまとめる。割れた卵の殻は貴重そうだし、捨てずに持っておこう。

ドラゴンは……袋《ふくろ》の中に隠れてもらうか。

「少し窮屈《きゅうくつ》かもしれないけど、我慢《がまん》してくれ」

「クー！」

意外と狭いところは嫌いじゃないみたいだ。


ドラゴンの子どもらしきものを抱えて、俺は街へと繰り出した。

こいつがどんな種族にせよ、魔獣であることには変わりがない。

そして、人の社会の中で魔獣を連れ歩くには、やらねばならないことがある。

それは「従魔《じゅうま》契約」！

簡単に言えば、主の命令に強制的に従わせるための縛《しば》り。同時に、誰が主なのかを証明するための首輪のようなものだ。

ただし、これだけで魔獣を完全に制御《せいぎょ》出来るわけじゃない。この契約はあくまでもトロッコについたブレーキのようなものだ。暴れる魔獣の動きを止めることは出来ても、主の意のままに魔獣を動かすことは出来ない。

それでも、この契約があるのとないのとでは大違い。基本的に未契約の魔獣を連れ歩くことは禁じられているからだ。

それに、未契約の魔獣は誰が主なのかを証明出来ない……。つまり、殺されたり奪われたりしても権利を主張出来ないんだ。

魔獣のことを大切に思うなら、まずこの契約を結ばなければ話にならない。

ただ、この契約を交わすには……ある程度の「立場」が必要になる。

そういう意味では貴族の立場は強い。従魔契約さえ結んでいれば、好きに魔獣を飼うことが出来る。

しかし、平民の場合はしかるべき機関で申請《しんせい》を行い、魔獣が仕事を効率的に進めるために必要だと認められなければ飼うことが出来ない。

そして、その仕事が冒険者の場合は……。

所属するギルドに申請し、ギルドマスターが従魔契約を行うことで魔獣の飼育が許可される。

つまりギルドが、申請を行う機関と従魔契約の両方を代行してくれるんだ。

が、しかし……俺は昨日そのギルドをクビになった。

俺みたいな実力も実績もない冒険者は、ギルドという大きな集団に属していなければ、魔獣を扱う資格を与えられない。

よって、今の俺の最優先事項はどこかのギルドに再就職すること……！

少なくとも2年間は冒険者として働き、生き残ってきたという実績がある。

それに気に入らないが『黒の雷霆』は上級ギルドだ。職歴としてはまあまあ強い。

中堅《ちゅうけん》……いや、失礼ではあるが弱小ギルドとかなら、俺を単純な労働力として採用してくれる可能性が高い。

自分のことを卑下《ひげ》せずにいこう。俺だって頑張ってきたじゃないか！

「クー？」

「心配するな。俺が何とかする……！」

袋からちょこっと顔を出したドラゴンの頭を撫でる。

本当なら元々の親の元に帰してやるのが一番なんだろうけど、その親ドラゴンの居場所はまったくわからない。

そもそも、なぜあんな崖に、ドラゴンみたいな伝説の魔獣の卵が引っかかっていたのかも不明だ。

あの山岳地帯にドラゴンが出るなんて話は聞いたことがないし……。

何はともあれ、親元に帰すにせよ、一緒に生きるにせよ、お金と実力がいる。

そして、平民が魔獣を飼う権利を得るには、冒険者ギルドを頼るのが一番手っ取り早い！

「とりあえず、近場の冒険者ギルドを総当たりだ！」

王都の中心街には実力のあるギルドの拠点が立ち並んでいる。

そして、中心街から離れるほどにギルドとしての実力は下がっていき、王都の外れに来ると組織として機能しているのかわからないギルドがちらほら出て来る。

狙うのはそういうギルドだ。

人材が揃っていないギルドじゃないと、剣も魔法もからっきしの俺は雇《やと》ってもらえない。

「……あった！　まずは1つ目！」

最初に見つけたギルドの名前は……『キルトのギルド』？

「なんか変わった名前だな……」

上級ギルドはみんな『黒の雷霆』みたいなシャレた名前を採用している。

それに対して『キルトのギルド』って……キルトって名前の人がマスターをやってるのか？

それにギルドの拠点となる建物、通称「ギルドベース」も年季《ねんき》が入っていて、壁や屋根に穴こそ開いていないが、なんとも辛気臭《しんきくさ》い雰囲気だ。

窓から中を覗《のぞ》いてみても、薄暗くて中がどうなっているのかわからない。

人の気配もほとんど感じない……。

看板の文字も擦り切れてるし、怪しい雰囲気満載《まんさい》だ。

ギルドベースというより、悪党のアジトっぽい……。

「……流石にどこでもいいってわけじゃないよな」

ここはやめておこう……。ドラゴンだけじゃなく自分の身の危険も感じる。

というか、このギルドってもう誰もいないんじゃないか？

だから、こんなに寂《さび》れて……。

「待ちなよ、少年」

「ひぃ⁉」

扉がひとりでに開き、中から声が響いて来た。

み、見られていたのか……⁉

「相当困ってるんだろう？　入って来なよ」

「あー、いや、その……」

「私に出来ることなら、力になるよ」

「うーん……はい」

こうやって直接声をかけられると断れないタイプ……。

開け放たれた扉から、恐る恐る中に入る。

建物の中は一般的なギルドベースと変わらない構造だった。

依頼を受け付けるためのカウンター、依頼が貼り出された掲示板《けいじばん》、パーティが依頼解決に向けて話し合うためのテーブルが複数、そして2階への階段……。

「やあやあ、少年。今日はどうしたんだい？」

声の主はカウンターの中に座っていた。

薄暗い中でもわかる白い肌と青い髪を持つ女性だ。

髪は長く、くせ毛なのかいろんなところの髪がハネている。

年齢は……わかりにくいな。俺よりは年上で、20代後半から30代前半の雰囲気がある。

「おっと、まずは自己紹介《じこしょうかい》だったね。私はキルト。ギルド『キルトのギルド』のギルドマスターのキルトだ。覚えやすいだろう？」

「まあ……あはは……」

かなり美人ではあるけど、変な人だ……。

ここに入って来て良かったんだろうか……すごく不安になる……。

「よく見たら君……怪我してるじゃないか」

「あ、そういえば……」

昨日は床に叩き付けられたり、投げ捨てられたり、卵をぶつけられたりしたからな……。

打撲《だぼく》や擦り傷が全身のそこかしこに散らばっている。

「まずは手当てをしよう」

「あ、お構いなく……」

「いやいや、こういう細かい傷も放っておくと悪化して面倒になる」

キルトさんは俺を椅子に座らせると、傷口を濡《ぬ》れた布で拭《ふ》き、薬を塗ってくれた。

顔の傷を手当てしてもらってる時なんかは、彼女の深い青の瞳が間近になって、こう……ドキドキしてしまった。

それに立ち上がったキルトさんはすごく背が高かった。

俺よりもずっと大きくって強そうで、近くにいてとても安心感を覚える人だ……。

「よし、これで綺麗《きれい》に治るだろう」

「ありがとうございます……」

「なになに、人として当然のことをしたまでだよ。それで君はどんな悩みを抱えているんだい？」

「その、わかるもんですか？　悩みを抱えているって……」

「そりゃこんな寂れたギルドの前で神妙《しんみょう》な顔をしてたらね！　よほど思い悩んでいないと、この建物の前なんてすぐに通り過ぎるよ」

「なるほど……」

その通りだと言わざるを得ない。

キルトさんは変わった人だけど、ギルドマスターという立場を鼻にかける感じはないし、ざっくばらんとしていて話がしやすい。

この人にならドラゴンのことを話しても問題ないかも？

……いや、まずは様子見だ。

情報を小出しにしつつ、このギルドのことを探っていこう。

「あの、俺……所属していたギルドをクビになっちゃって、新しいギルドを探してたんです」

「ふむふむ、ではライセンスカードを見せてくれるかな？」

冒険者にはカード型のライセンスカードが配付されている。

所属するギルドを変えてもライセンスは変わらず、それまでの経歴や冒険者ランクなどがカードの中に記録されている。

まさに冒険者の命ともいえる、魔法技術の粋《すい》が詰め込まれた一品だ。

キルトさんにライセンスカードを手渡すと、彼女は受付カウンターの中に戻り、カードに記録されている情報を確認し始める。

「ふーん、あの『黒の雷霆』に2年も所属していたんだね。ふふっ、あそこのマスターはあまり褒《ほ》められた人物ではないと聞いているよ」

「……ええ、それはもう。この傷もほとんどあいつにつけられたものですから」

「やっぱりねぇ。そういうギルドにいたら君の才能も腐《くさ》ってしまう」

「いやぁ、俺に才能なんかは……」

「あるある、誰にだってあるよ。今までそれを発揮《はっき》出来る環境に恵《めぐ》まれなかっただけでね。だからさ、うちのギルドで活躍《かつやく》してみないかい？　ユート・ドライグくん」

「いいんですか？　あっさり入れちゃって……」

「いいよいいよ。なんせ、うちのギルドは見ての通り人手不足でね……。入りたいと言ってくれる子を拒《こば》むわけはないのさ」

「……1つだけ質問いいですか？」

「何かな？」

「どうして、このギルドには人がいないんでしょうか……？」

大変失礼な質問だが、聞いておかなければならない。

何か大きなトラブルがあって人が辞《や》めていったのなら、俺も同じように辞めて、また路頭《ろとう》に迷《まよ》う可能性だってある。

「それはね……元からいないからだよ！　このギルドは最初から私１人！　増えても減ってもないのさ！」

「ええっ⁉」

そんなことって……あり得るのか？

新規ギルドは、実績を積んだ冒険者がマスター試験をパスし、所属しているギルドから独立するような形で立ち上げられると聞く。

立ち上げの際には関わりの深い仲間が一緒について来ることが多く、少人数でのスタートはよくあるが、まさかマスター１人でスタートだなんて……！

「いやぁ、私ってさ……人付き合いが苦手なんだよね……。だから、１人で気楽にやるためにギルドを立ち上げたんだけど、理由が理由だから当然誰もついて来なくて……」

「まあ、そりゃそうですよね」

「でもさ……１人になると孤独《こどく》の寂しさが身に染《し》みてね……。新しいメンバーが欲しくなってきちゃったんだ。でも、他人に声をかけるのは苦手だし、前のギルドに戻るのは恥《は》ずかしいしで……」

「困ってたところに俺が来たと……？」

「うん、そういうことだね。ギルドの前にいる君に声をかけるのも、相当勇気を出したんだよ？　そんな私を助けると思って、入ってくれないかな……？」

助けを求めてギルドを探していたはずが、逆に助けを求められた……！

でも、キルトさんの話に嘘はないような気がする。

悪意をむき出しにしている人たちの近くにずっといた反動だろうか。

彼女は純粋《じゅんすい》で素直な人だと強く感じる。

果たしてキルトさんの誘《さそ》いを断って、それ以上の出会いが俺にあるだろうか……？

俺の答えは……。

「……よろしくお願いします。お互いのために頑張りましょう」

「やった！　じゃあカードをこうして……よし！　これが書き換わったライセンスだよ！」

手渡されたカードには『キルトのギルド』に所属していることを示す、青い水滴《すいてき》のエンブレムが描かれている。

少し前まではここに、『黒の雷霆』の黒い稲妻《いなずま》のエンブレムが描かれていたわけだが、綺麗さっぱり消えている。

決断したのは自分とはいえ、まさか1件目にして納得のいく再就職が叶《かな》うとは……！

「それで……悩みはこれだけじゃないよね？　新しいギルドを探しているだけなら、あんな思い詰めた表情はしないはずだもの」

「……ええ、その通りです。俺はある魔獣と従魔契約を結びたいんです」

「ほうほう、その魔獣とは？」

「この子です」

袋をカウンターに乗せ、その口を開ける。

すると、中からよちよちと歩くドラゴンが出て来た。

「クー！」

「なっ、何この子……！　か、かわいい……っ！」

キルトさんが恐る恐る手を伸ばす。

それに対してドラゴンは自分から歩み寄り、彼女の手に頬をすりすりし始めた。

正直、俺以外の生き物に対しては威嚇行動をとると思っていたので、この反応は予想外だ。

もしかして、警戒すべき相手とそうでない相手をドラゴンなりに判断しているのか？

「すりすりしてるっ！　かわいい！　この子はイワトカゲ……いや、ドラゴンじゃないの⁉」

「キルトさんにもそう見えますか？」

「特徴を見ればそうと言わざるを得ないね。でも、ドラゴンの子なんてどうやって……」

「話せば少し長くなりますが……」

俺は事の経緯をキルトさんに話した。

ロックバードの卵の採取、間違い、追放、そして誕生《たんじょう》……。

「なるほどね。ロックバードの卵なんて探して見つかるもんじゃないのに、ヘイズも無茶な依頼を受けたもんだよ。でも、その代わりにもっと珍《めずら》しいドラゴンの卵は見つかったわけだから、世の中ってわからないよねぇ……」

「俺も本当にそう思います。でも、ヘイズも依頼主の男爵も、間違って持って来た卵がドラゴンの卵とは思わなかったようで」

「それは傑作《けっさく》だね！　卵を集めて魔獣を飼ってる奴も、金を稼いでる奴も、結局は愛と知識がないから大切なものを見逃してしまったわけだ！」

ニコニコ顔でとっても楽しそうなキルトさん。

彼女の言う通り、貴族もヘイズもマヌケだったわけで、俺の心も多少はスカッとする。

でも、一番に俺はホッとしている。

このドラゴンが貴族やヘイズの手に渡っていたら、一体どんな目に遭っていたか……。

「結果的にユートくんの手に渡って、この子も安心してるだろうね。イライラしてるからって卵を投げ付けるような奴らに、魔獣を飼う資格はないよ。まあ、そんな奴らがドラゴンの卵を逃したと知ればどう思うか……想像するだけで楽しいけど、今やるべきは従魔契約だったね」

「出来ますか？」

「私はギルドマスターだよ？　当然、従魔契約くらい出来なきゃ試験に受からないって！　まあ、ドラゴンとの契約を結んだことはないけど、これだけ懐《なつ》いてれば問題ないはずさ」

従魔契約は魔獣側が拒否すると成立しない。なので、野生の魔獣を無理やり捕まえて契約で縛るのは無理だ。

そういった意味でも魔獣の卵は価値が高い。魔獣が人を親だと思えば、契約にも抵抗《ていこう》しないからだ。

「じゃあ、ユートくんは右手を出して」

俺は言われた通りカウンターに右手を載せる。

「それじゃあ、次は……えっと、この子の名前はなんて言うの？」

「まだ決めてません」

「これから契約を結んでパートナーになるのに、名前がないんじゃ困るよね！　ここでサクッと名前を付けてあげなよ」

いつかは名付けないとなぁ……とは思っていたけど、ここでいきなりアイデアを出せとなると、安直な名前しか浮かんでこない。

「えっと、ロックバードの卵を探す時に見つけて、見た目もイワトカゲに似てるから……『ロック』って名前はどうかな？　頑丈な体に育ってほしいって意味もあるんだけど……」

「クー！　クー！」

言葉を理解しているのかはわからないけど、ドラゴンは嬉しそうに小さな翼をパタパタする。

「じゃあ、今日からお前はロックだ。改めてよろしくな、ロック」

「クー！」

しっぽもぶんぶん振っている。

名前を呼ぶと反応するし、『ロック』を気に入ったみたいだ。

「よし！　じゃあ、ロックちゃんの左前足を、ユートくんの手に載せるんだ」

俺がロックの足を動かす前に、ロックが自分で小さな手をぺちっと俺の手の上に載せた。

もしかして、ある程度言葉を理解している……？

「これで準備は完了だ。後は私の手も載せて……！」

キルトさんの手が俺たちの手の上に重なる。

すると、鮮やかな紅色のオーラが立ち上り、俺とロックの手を包み込んだ。

「……契約完了。これであなたたちは正式にパートナーになったよ」

右手の甲《こう》には紅色の紋章《もんしょう》が浮かび上がり、しばらくするとスゥ……と手に馴染《なじ》むように消えた。

「その紋章は契約の力を使って魔獣を止める時や、お互いの契約を確認する時に浮かび上がる『従《じゅう》魔紋《まもん》』だよ。色や模様は契約を結ぶ魔獣によって違うから、ユートくんのそれは、言わば『竜の従魔紋』だね」

「竜の従魔紋……！」

そう言われると、何だか右手に強い力が宿ったような気がする。

でも、これはあくまでも契約の証だから、力を感じるのは気分的なものかな？

まあ何はともあれ、これで俺とロックは正式にパートナーになった！

これからはロックと一緒に街を歩いても咎《とが》められることはない。ただ、ロックがドラゴンとバレたらトラブルに巻き込まれそうなのは変わらない。街中ではあまり目立たないように行動した方がいいな。その分、人目のない場所ではうんと遊ばせてやろう。

「良かった良かった！　お姉さんも嬉しいよ」

「ありがとうございます、キルトさん。何から何まで……」

「いいってことよ。ギルドマスターとして当然のことをしたまでだしね」

「俺、精一杯働きます！　キツい仕事でも何でもします！」

「あらあら、冒険者がギルドマスターに『何でも』なんて言ったらダメよ？　本当に『何でも』させられちゃうかもしれないからね……フフフ」

「い、以後気をつけます……」

恩人だけどやっぱり変わったところがあるというか……おちゃめなんだろうな。

でも、慣れてくるとそれが魅力的に感じる。

「さて、ギルドの一員になったからには普通に仕事をしてもらおうかしら。全然人手が足りてない割に、総本部から仕事は振り分けられるからね……うちのギルドは」

総本部……正式名称はグランドギルド。

すべての冒険者ギルドのまとめ役で、最強の冒険者であるグランドマスターがトップに立つ組織だ。

各ギルドが犯《おか》した不正や犯罪を裁《さば》く立場でもある。

そこから依頼が送られて来るということは、この『キルトのギルド』はそれなりに信頼されているギルドということになる。

もしかして、キルトさんって実はすごい冒険者なのかも？

「記念すべき最初の依頼はジャッカロープの角《つの》の入手！　狩場はこの王都からほど近いフルシュカスの森が最適だよ」

「ジャッカロープ……確か角の生えたウサギのような魔獣でしたっけ？」

「そう、別名ツノウサギだしね。でも、かわいい奴だと思っちゃダメ！　目つきは悪いし、動きは素早い。角と前歯は鋭く尖《とが》っていて、油断してると首や胸をブスリと刺されて大怪我するよ」

「そ、そうなんですか……」

「1体につき2本の角が生えているから、5体倒して10本がノルマになる。多い分には問題ないけど、少ないと依頼達成とは言えないね。でも、命の危険を感じた時は逃げていいよ。流石に命を懸けるような依頼じゃないからさ」

「わかりました。頑張ろうな、ロック！」

「クー！」

小さな翼をピンと伸ばすロック。

ちょっと腰が引けている俺と違い、やる気は十分のようだ。

「生まれたばかりとはいえドラゴンのウロコは硬い。だから、ロックちゃんがジャッカロープ程度に致命傷《ちめいしょう》を負わされることはないと思うよ」

キルトさんがツンツンとロックのウロコを指で触る。

俺もツンツンとウロコを触ってみる。うーん……硬い！　すでにあの卵の殻並みの硬さがあるんじゃないか？

これならジャッカロープの前歯や角なんて刺さりはしないだろう。

「まずは何より自分の身の安全を考えるんだよ、ユートくん。君の皮膚《ひふ》は柔らかいんだからね」

そう言って俺の頬をツンツンとつつくキルトさん。

急に体を触られると……ドキドキする。

「あ、ありがとうございます。油断せずにいきます！」

「これは目的地までの地図、そしてこっちは森内部の簡単な地図。あと注意事項をまとめたメモも渡しておくね」

テキパキと仕事に必要な物を用意してくれるキルトさん。

前の職場では言われた物を背負って歩くだけだったから、何だか感動だ……！

「最後に、これは私からのプレゼントだよ」

「こ、これは……剣！」

カウンターに載せられたのは、白銀《はくぎん》にきらめく刃を持つ両刃《もろは》の剣だった。

それを収める鞘《さや》と、腰から下げるためのベルトもついている。

「冒険者なら武器の1つも持っておかないとね。別に特別な剣じゃないけど、まあまあの良品ではあるよ」

「こんな物まで用意していただいて……申し訳ないです」

「ギルドマスターたるもの、メンバーに必要な物を支給するのも仕事さ。むしろ剣しか用意出来なくてごめんね。防具はおいおい体のサイズに合わせて作るとしよう」

これが普通のギルドなんだろうか。

それともキルトさんが優しいだけなんだろうか。

どちらにせよ、これだけ気を遣ってもらえると、ギルドのために働こうという気も湧《わ》いて来る！

『黒の雷霆』の時は武器も防具も支給されず、少ないお金で何とかボロの装備を見繕《みつくろ》っていたもんなぁ……。

「今回の依頼はユートくんとロックちゃんの実力を測るためのものさ。失敗してもペナルティなんてない。とりあえず、生きて帰って来ればそれでいいんだよ」

「はい、無事に帰って来ます。もちろん、ロックと一緒に！」

「クー！」

貰った剣を腰に下げ、ジャックカロープの角を入れるためのリュックを背負う。

リュックの中には傷薬や包帯《ほうたい》など、最低限の怪我に対応出来る物品も入っている。

「ロックもリュックの中だよ。盗賊《とうぞく》に目を付けられたら大変だからね」

「クー！　クー！」

おとなしくリュックの中に入るロック。

しかし、フタの部分をぺろんと開けて、頭だけ外に出そうとする。

何度フタを閉めても頭を出すので……そのままにしてあげた。

まあ、頭だけなら翼も見えないし、ただのイワトカゲに見えるかも。

「森に着くまではリュックの中でおとなしくしてるんだよ。森に着いたらうーんと遊べるからさ」

「クー！」

「じゃあ、行ってきます。キルトさん」

「行ってらっしゃい。ユートくん、ロックちゃん」

気持ちを新たに再出発だ。

今日から俺は『キルトのギルド』所属のユート・ドライグ！

そして、相棒はドラゴンのロックだ！

◇　◇　◇

ユートたちが出発して数分後の『キルトのギルド』――

その建物の中でギルドマスター、キルト・キルシュトルテは空気が抜けたように脱力し、テーブルの上に大の字で寝転んでいた。

「クールなお姉さんを演じるのも楽じゃないよ〜……」

彼女がユートに語ったことはすべて真実だ。

実力はあるが人見知りで、1人なら気楽に仕事が出来ると思ってギルドを立ち上げた。

しかし、本当に1人になると寂しくて、ギルドを回すのも大変で、誰か助けてくれないかな……と1人で悶々《もんもん》としていたところに、突然ユートがやって来た。

しかも、あの『黒の雷霆』をクビになったらしい。

キルトはずっと前から『黒の雷霆』を評判が悪く、離脱者が続出しているギルドと記憶《きおく》していたが、ここ2年はあまりそういう話を聞かなくなっていた。

それもそのはず、この2年間とはすなわちユートの所属期間。

彼は普通の人間なら投げ出したくなるような雑用の数々を、ほとんど1人でこなしていたのだ。

おかげで『黒の雷霆』の離脱者はグッと減り、その評判も上向いた。

なのに『黒の雷霆』のメンバーは、まだユートの価値をわかっていない。

剣を振れずとも、魔法は使えずとも、日々の生活を支えてくれる者の存在は大きい。

彼らがそのありがたみを嫌でも理解させられるのは、もう少し先の話――

逆にキルトの方はユートをありがたく感じ過ぎていた。

ユートを逃したらもう後の人生は1人で孤独に生きることが確定……とまで思っていた。

それはそれで少々健全とは言えないが、この寂れたギルドベースに若くてやる気のある冒険者が自分から来てくれることなんて、そうそうないのは事実だった。

キルトは一生分の勇気を振《ふ》り絞《しぼ》って、クールで仕事が出来そうなお姉さんを演じ、見事ユートの信頼を勝ち取った。

彼がドラゴンを出して来た時は演技が崩れそうなほど驚いたが……何とか耐えた。

「手元に渡せる物がなかったから、私の予備の剣を渡しちゃったけど大丈夫かな……。まあ、普通の人には普通の剣でしかないけど……」

ギルドマスタークラスの扱う武器は、一般的なそれとは性能や価値がまったく違う。

ゆえに並の人間にはその力を引き出し切れない。

心配事は武器だけに留まらない。勧めた依頼の難易度は正しかったか、ユートとロックはどのくらい戦えるのか、無事に帰って来られるのか……。

悩み過ぎたのと勇気を出して声をかけた疲れから、彼女はテーブルの上に寝転がったまま眠ってしまった……。

「ぐー……ぐー……」

◇　◇　◇

一方その頃、『黒の雷霆』のギルドベースの会議室は、張り詰めた空気で満たされていた――

貴族を怒らせ、ギルドの名誉が傷ついたこと。

それをただただ平謝りやユートの追放だけで終わらせるほど、ヘイズ・ダストルという男は単純ではなかった。

「本日集まってもらった理由は……言うまでもないよな」

会議室のテーブルを囲むのは、ギルドの中でも指折りの実力者たち。

通称「幹部《かんぶ》」と呼ばれている面々だ。その誰もがヘイズの顔色をうかがっている。

「マクガリン・ズール男爵を怒らせた。ロックバードの卵をご所望《しょもう》だったところに、あろうことかイワトカゲの卵を渡してな」

幹部たちは息をのむ。

その騒動が起こった時、彼らは他の仕事を進めていたためその場にはいなかった。だが、話を聞くだけで事態の恐ろしさはわかる。

ズール男爵は魔獣に執着している以外、良い評判も悪い評判も聞かない男。

逆に言えば、魔獣に関しての不誠実な対応が最も恐れるべきことと言える。

今回の騒動はその逆鱗《げきりん》に触れるどころか拳をぶつけたようなもの……。

その時の男爵の怒りを幹部たちはありありと想像出来た。

「すべては雑用係のユートの責任。即刻解雇した。だが、こんなことで俺たちの名誉は回復しない！　あの男爵は気に入らないが貴族は貴族。そこから貴族のコミュニティに俺たちの悪評が広がるのだけはなんとしても避けたい！」

「……では、やはりロックバードの卵を見つけて男爵に渡すのが一番では？」

幹部の1人が意見する。

ヘイズはその意見を待っていたと言わんばかりに笑みを浮かべる。

「卵を渡すことが、名誉と信頼の回復に一番効果があるのは間違いない。もちろん、俺たちはそれを目指していく！　だがしかし、直接的には探さない！　他のギルドに探させるのさ……！」

「まさか、他のギルドが探して見つけたところを……？」

「察しが良くて助かる。そう、横取りするのさ！」

幹部たちはヘイズの言葉を聞いて、彼と同じように笑みを浮かべる。

ギルドマスターがここまで狡猾《こうかつ》だからこそ、『黒の雷霆』は上級ギルドでいられる。

そして、そんな彼に従う幹部がいるからこそ、『黒の雷霆』は上級ギルドとして成り立つ。

「これからは他のギルドの動きに注意しろ！　あの馬鹿貴族があらゆるギルドに卵の採取を依頼するのは目に見えている！　そして、卵の確保に動き出したギルドを見つけたら俺に報告しろ！　そこからどう対応すべきか、決定は俺が下す！」

「「イエス、マスター！」」

「……ということで、有力な情報を掴《つか》むまでは通常業務に励《はげ》んでくれたまえ、諸君」

「「イエス、マスター！」」

幹部たちの声が会議室にこだまする。

上級ギルドかつ悪徳ギルド『黒の雷霆』。

彼らの真実の姿が世に晒されるのは、もう少し先の話――

第2章　初めての狩り

『キルトのギルド』を出てからしばらくして、馬車に乗って移動した俺たちはフルシュカスの森に到着していた――

「単独で戦闘を伴《ともな》う仕事なんて初めてだ……！」

街中で落とし物を探す依頼とか、崩れた屋根の修復みたいな依頼は1人でやったことがあるけど、こういう依頼は本当に初めてだ。

そもそも俺は戦闘の経験がほとんどない。

荷物持ちの役目は当然荷物を運ぶことで、魔獣に襲われた時は真っ先に誰かの後ろに隠れ、荷物を守ることだけを考えていた。

前のギルドのメンバーも俺が戦えないことはわかっているので、戦闘の際は率先《そっせん》して前に立ってくれた。

まあ、俺じゃなくて自分の荷物を守るためなんだろうけど……。

それもこれも、今となっては昔の話。

今は俺を虐《しいた》げる人もいないが、守ってくれる人もいない。

単独任務はすべて自分1人で……。

「いや、俺は1人じゃなかったよな」

リュックのフタを開け、中にいるロックが外に出やすいよう地面に置く。

フルシュカスの森は自然豊かで多種多様な魔獣が棲《す》む土地だ。

ゆえに薬草や毒草の採取、魔獣を討伐し役立つ部位を回収するために多くの冒険者が訪《おとず》れる。

ただ、今日に関しては乗合馬車や近くの村、森の浅いところにも冒険者の気配がない。

ロックを自由に遊ばせてやるにはうってつけのシチュエーションだ！

「ここなら出ても大丈夫だよ。ずっと窮屈な思いさせてごめんね」

「クウウウ～！」

リュックから出て来たロックはうーんと伸びをする。

馬車に乗るまではリュックの中でもぞもぞしていたけど、馬車に揺られるうちに眠ってしまったようで、特に目立つことなく森まで来ることが出来た。

「クウッ！　クウッ！」

森の草木をかき分けて、ロックが駆け回る。

狭《せま》い宿の一室で生まれ、外に出る時は袋に入れられているロックにとって、こんなに広い場所は初めてだろう。

草木や虫なんかも初めて見たはずだ。

いろんな物に興味津々《しんしん》で、とんでもないスピードで走っては止まるのを繰り返している。

「こらこら、あんまりはしゃぎ過ぎると転んじゃうぞ」

「クー！　クー！　ク………グゥ⁉」

案の定、ロックは木の根に足を取られて転んでしまった。

そのままぐるぐると転がり、木の幹に体をぶつける。

「大丈夫かロック⁉」

「クー！」

無傷だった。あれだけの勢いでぶつかったのに……！

それどころか、ぶつかられた木の方が大きくへこみ、少し傾いている。

衝撃で木の実が地面に落ち、あたりにバラバラと転がる。

「クンクン……ク～！」

匂《にお》いを嗅《か》いだ後、木の実をほおばるロック。

この木の実は無毒で美味だが、自然に落ちる時期まで強固に木にぶら下がり、揺らしたぐらいでは落ちないと言われているのに……。

「やっぱり心配すべきは自分か……」

ロックは小さいけどドラゴンだ。もはや確信を持てる。

それに対して俺は戦闘経験がほぼない人間……。

木の枝を剣に見立てて素振《すぶ》りをするくらいの訓練しか積んでいない……。

「帰ったらキルトさんに剣技を教えてもらおう」

今はロックの力と、積み重ねた自分の素振りを信じるしかない。

木の実をあらかた食べ終わったロックを連れ、森の奥へと進む。目指すのはジャッカロープが生息する森の中の草原だ。

キルトさんから貰った地図とにらめっこし、目印となる木や岩をしっかり確認して進む。

こういう手つかずの森林地帯は完全なマップを作れない。

だから簡素な地図を読み解き、臨機応変《りんきおうへん》に判断するのも冒険者の力……！

「……ここだ！　着いたぞロック！」

「クー！」

森の中なのに木が生えていない。代わりに人の膝《ひざ》くらいまで伸びた草が一面に広がる。

ここがフルシュカスの草原だ！

いやぁ、目的地にたどり着けただけでこんなに嬉しいとは！

でも、浮かれてもいられない。次は角を回収するためにジャッカロープを……。

「結構そこら中にいるな……」

ジャッカロープは角の生えたウサギのような魔獣。

草原の中にいても、その鹿《しか》のような角は隠れることがなく非常に目立つ。

おかげで数が把握《はあく》しやすく、近くに5体以上はいることがわかった。

これをすべて倒して角を回収するだけで、依頼は達成出来る。

だが、油断してはいけない。1体1体確実に倒していくんだ。

近くにいるジャッカロープが一斉に襲い掛かって来たら、俺の体は鋭い角で穴だらけにされてしまうだろう……！

「ロック、一番近くにいるジャッカロープを攻撃だ。動けなくする程度で構わない。トドメは俺が刺す」

「クー！」

俺の指示を受け、ロックは駆け出した。

ジャッカロープもその気配に気づき、後ろ足を使って立ち上がり草原から顔を出す。赤黒い目に鋭く伸びた前歯、濃いグレーの体毛が特徴的だ。少なくとも普通のウサギのようなかわいげはない。

ジャッカロープはロックの突進に対して突進で応えた。

鋭く大きな角を正面に傾け、敵を串刺しにしようとする！

ロックのウロコが硬いことは知っているが、いざ実戦となると怖い気持ちも……。

バキバキバキバキバキバキィーーーーーーッ!!

……すべては杞憂《きゆう》だった。

ロックと衝突《しょうとつ》したジャッカロープの角は、いとも簡単に砕《くだ》け散った。

そして、その勢いのままロックはジャッカロープの頭に激突。それがトドメの一撃となった。

「クゥー！」

当然のようにロックは無傷！

翼をパタパタさせて勝利の雄叫《おたけ》びを上げる。

その姿は小さくとも最強の魔獣ドラゴンそのものだった。

「ロックはすごいな！　本当に頼りになるよ！」

「ク〜！」

「ただ、もう少し角は綺麗な状態で回収したいかな」

「クー？」

ジャッカロープの角は粉末《ふんまつ》にして薬の材料に使われるので、多少バラバラでも問題はない。

ただ、あんまりバラバラだと破片《はへん》を草原の中から探すのが大変だし、ギルドに帰った後でその破片がちゃんと1本分の角になっているかを判断するのが大変……と、キルトさんから貰ったメモに注意事項として書かれている。

まあ、大変なだけで、砕けた角でも依頼は達成出来る。

それに自由に戦わせてあげたいという気持ちもある。

しかしながら俺たちは冒険者なので、よりギルドや依頼者に寄り添ったスマートな解決方法を目指す努力も求められる。

「賢《かしこ》くてすごいロックなら、角を避けて本体だけを攻撃することも出来るかな？」

「クー！　クー！」

頭を縦に振ってうなずくような動きをするロック。俺の言葉を理解してくれたようだ。

ロックは強い。強過ぎる。だからこそ手加減が苦手だ。無理にそれを強要すれば、強いストレスになる気がする。

なので、より難しい指示を与えてみる。手を抜かせるのではなく、より複雑な戦闘を求めてみる。

成長して体が大きくなったら手加減を覚える必要もあるだろう。でも、今は違う方向で育ててあげたい。

「よし、じゃあ次はあのジャッカロープを狙おう！」

「クー！」

ロックが駆け出す。その足取りに迷いはない。

もしかして、何か秘策があるのかも……!?

2体目のジャッカロープも気配に敏感《びんかん》で、すぐロックの接近に気づいた。

そして、こいつもまた好戦的！　突進に対して突進で対抗して来た。

ここまでの流れは1体目と一緒。違ったのはこの後、衝突の直前……！

ロックは短い脚と小さな翼を使ってジャンプ！

ジャッカロープの角を跳び越え、無防備な背中にしっぽを叩き込んだ！

叩き込む際には体をぐるんと一回転させ、しっぽを上から下へ大きく振ることで、人間で言う「かかと落とし」のような勢いをつけていた。

ロックは当然しっぽも硬い。

今の一撃はまるで金属の鞭《むち》で打たれたような衝撃を生み、またもや一撃でジャッカロープを仕留めてしまった。

それも今回はただ仕留めたんじゃない。

俺に言われた通り、角に触れることなく獲物を仕留めたんだ。

「すごいぞロック！　なんて賢いんだ！」

「クゥ〜！　グゥ……」

喜んでいたロックが突然へな〜っと脱力する。

どこか痛めたのかと思い心配したが、どうやらお腹が空いただけらしい。

仕留めた2体のジャッカロープを一度草原の外まで持って行き、何かあっても燃え広がりにくい開けた場所で、思う存分丸焼きにしてもらう。

もちろん、その前に角は、ロックの鋭い爪で綺麗に切り取ってもらった。

「クアァァァァァッ!!」

ネズミよりも大きい獲物だから、火力もあの時よりずっと強い。

こんがり丸焼きになった後、ロックはそれをむしゃむしゃバリバリと食べていく。あの小さい体のどこに入るんだってくらい、それはもうガツガツほおばっている。

ドラゴンとしての高いパフォーマンスには、それだけエネルギーを使うということだろう。

普通に街の店でお肉を買って、それをエサにしていたんじゃ間違いなく俺は借金まみれになる。

でも、倒した魔獣の肉はタダだし、一部を除いて魔獣の肉は人間の口に合わない。食べられないわけじゃないが、マズいし好き好んで求める人はいないんだ。だから、何も気にせずにロックにあげられる。

魔獣にとって他の魔獣の肉を食らうのは当然のことだから、口に合わないなんてことはない。

実際、ロックも丸焼きを美味しそうに食べている。

「俺たちは魔獣の討伐をメインに活動していくべきだな」

そうすればエサ代を気にする必要はなくなる。

それに戦っている時のロックは本当に楽しそうだ。ロックの成長には戦いが必要不可欠……そんな気がする。

となると、またもや問題は戦いに慣れてない生身の人間の俺！　でも、俺だって成長には戦いが必要不可欠なんだ。

ロックと一緒に多くの魔獣に立ち向かっていかねば……！

「クフゥ～」

「ロック……お前、まるまる2体をもう食べたのか……！」

「ク～！」

食べっぷりもドラゴン！　王者の風格《ふうかく》よ……！

あと3体はジャッカロープを倒す予定だけど、ロックは全部食べるつもりだろうか……。

「お腹がいっぱいになったところで、さっきと同じように角を避けてジャッカロープを倒してくれるかな？」

「クー！」

このフルシュカスの森に来て、ロックの動きは格段に機敏《きびん》になった。

3体目、4体目……仕留めるごとにその動きは洗練《せんれん》され、最後には気配を消して草に隠れ、不意打ちでジャッカロープを仕留めてしまった。

「恐るべき成長速度……！」

一方俺は手に入れた角をリュックに入れて運ぶだけ……って、ここでも荷物持ちじゃん!?

これでは前とやってることが変わらない……なんてことはない。

危険な仕事であることには変わりないけど、辛かったり苦しかったりすることはない。

ロックと一緒にいると、心に刻《きざ》まれた小さな傷がどんどん癒《い》えていくようだ。

「グゥ……」

「またお腹が空いたのか？　じゃあ、焼かないとな！」

まあ、焼くのもロックなんだけどね。

俺はロックが食事をしている間、集まった10本の角の状態を確認し、もう一度注意事項が書かれたメモを読んでおく。

最初の2本の角は砕けているけど、それ以外の角は完璧な状態だ。

あまり短過ぎる角は1本とカウントされない場合があるらしいけど、今回は頑張って長い角の個体を倒して来た。

納品の基準は十分満たしていると思う。

「後は無事に帰るだけ……」

「クフゥ～……クゥッ!?」

お腹いっぱいで満足げだったロックが、いきなり背後の木陰をにらみつける。

同時に俺も殺気を感じ、剣の柄《つか》に手をかけていた。

荷物持ちとして危ない橋を何度も渡って来たからな。

危険な魔獣が放つ殺気くらい、感じ取ることは出来る……！

木陰から姿を現したのは、漆黒《しっこく》の体毛を持つ狼《おおかみ》のような魔獣だった。

「ブラックヴォルフ……!?　このフルシュカスの森に!?」

こいつは体毛だけでなく牙《きば》も爪も漆黒で、それらには悪《あ》しき力が宿っているとされる。

これは迷信ではない。実際にブラックヴォルフから受けた傷は治りが遅いという報告がある。

傷が治りにくいということは、血も止まりにくいということ。比較的小さな傷でも、こいつからつけられると出血多量で致命傷になり得る。

こんな危険な魔獣がフルシュカスの森にいるなんて聞いたことがない。

どこかから流れて来た個体か、もしくは群《む》れで森に移り棲んだか……？

「クゥウウ……ッ！」

「ロック、連携《れんけい》で仕留めるぞ」

「クゥ？」

「こいつは手ごわい相手だ。俺が注意を引き付けている間に、ロックは側面から急所を狙ってくれ。大丈夫、俺だって冒険者だ！」

「クー！」

普通にロックを正面からぶつければ勝てるのかもしれない。

でも、相手は特殊な力を持つブラックヴォルフ。その牙や爪がロックにどんな影響を及ぼすのかわからない。

だから、つい俺が囮役《おとりやく》を買って出てしまった。

間違いなく俺の方が弱いのに……。これが親心なのか!?

「来い！　お前なんか俺1人で十分だ……！」

ブラックヴォルフをにらみつけ、俺はキルトさんから貰った剣を抜いた。

「……えっ？　この剣……光ってる⁉」

カウンターの上に置かれていた時は普通の剣でしかなかった。

でも、今は刃の部分が淡《あわ》く発光している。

太陽の光を反射しているわけでもない。本当に刃そのものが光っているんだ……！

「グオオオオオオーーーーーーッ‼」

「あっ、しまっ……！」

刃の不思議な光に目を奪《うば》われ、敵から意識を逸らしてしまった。

ブラックヴォルフは俺の頭を噛み砕かんと飛び掛かって来る！

不意を突かれた状態で、とっさに繰り出せる剣技はただ1つ。

木の枝で繰り返した素振りの動き……大きく振りかぶって、刃を正面に振り下ろすのみ！

「やあっ！　……あ？」

がむしゃらに繰り出した刃は、運良くブラックヴォルフの頭に命中。

そのまま頭をスパッと真っ二つに斬り裂《さ》いた。

「え？」

それだけじゃない。

まったく手応えがないまま、飛び込んで来るブラックヴォルフの体をスゥ……っと頭から首、胸、腹、尻、しっぽに至るまで綺麗に真っ二つに斬り分けてしまったんだ。

「えぇ？」

なのに俺は返り血を一滴も浴《あ》びていない。

なんなら、刃にも血が一滴もついていない。

今も刃はただただ淡く光っているだけだ……。

さらにさらに、斬り裂かれて地面に転がったブラックヴォルフの死骸《しがい》は、牙や爪や骨などの硬い部分だけを残して瞬時に塵《ちり》となり、風に吹かれて飛んでいってしまった……。

「え……？」

……キルトさん、これ絶対普通の剣じゃないですよね？

斬った魔獣を一瞬で塵にしてしまうような剣が普通であるはずがない！

聖剣か魔剣のたぐいじゃないかこれ……!?

「とりあえず鞘《さや》に収めておこう……」

どうしてキルトさんがこんな貴重そうな剣をくれたのかはわからない。

でも、おかげで自分より遥《はる》かに強い魔獣を無傷で倒すことが出来た。

いろいろ気になる点はあるけど、帰ったらまずお礼を言わないといけないな。

「クー！　クー！」

「おっ！　ロックは俺を褒めてくれるのか？」

「ク〜！」

小さな翼をパタパタさせてぴょんぴょん飛び跳ねるロック。

ほとんど剣のおかげだが、倒したのが俺であることは間違いない。少しくらいは誇《ほこ》っていいのかもな。

「さて、帰る準備をするぞロック！　用事が済んだらすぐ帰還《きかん》！　これが鉄則さ」

「クー！」

フルシュカスの森は自然豊かで景観《けいかん》も良いが、魔獣の棲む土地であることを忘れちゃいけない。

無駄に長居すると、またブラックヴォルフのような魔獣が襲って来るかもしれないんだ。

それに今回の依頼は、キルトさんの待つギルドに無事帰ることも目的の1つ。

余計なことは考えず、ここからは帰ることだけを考えよう。

「……その前にこれだけは回収しておかないとな」

塵になったブラックヴォルフが遺《のこ》した牙と爪と骨……。

骨の方は触れると崩れてしまうくらい脆《もろ》くなっていたが、牙と爪は完全な状態で残っている。

依頼とは関係ないけど、こういった魔獣の部位は売ってお金に出来る。ジャッカロープの角と一緒にリュックに入れておこう。

それと「魔結石《まけっせき》」も残っているから一緒に回収する。

魔結石とは魔獣の体内で生成される石のこと。

高度な魔法技術によって石の成分を解析《かいせき》することで、その石の持ち主がどんな魔獣か、どれほどの魔力を持っていたか、どの時期に死んだかなど、いろんな情報がわかる。

今回のように魔獣の部位を回収する依頼ではなく、魔獣そのものの討伐が依頼だった場合、この魔結石をギルドに提出することで討伐した事実を証明する。

もちろん、俺はブラックヴォルフの討伐依頼なんて受けていないけど、この魔結石を回収することで、本来フルシュカスの森にいないはずのブラックヴォルフがいたことを証明出来る。

そうすれば、これから森にやって来る冒険者たちが、ブラックヴォルフ出現の可能性を想定して動けるようになるんだ。

それはきっと、誰かの命を救うことにもつながる。

「牙、爪、魔結石……よし、ちゃんとリュックに入れたぞ。後はロックを中に隠して……って、もう入らないじゃないか……！」

折れてないジャッカロープの角って場所を取るんだよなぁ。

とはいえ、せっかくロックにお願いして綺麗に残してもらった角を、この場でバキバキに折る気にはならない。

「仕方ない。ロックはマントにくるんで抱えるか」

羽織《はお》っているボロの茶色いマントを脱ぎ、それでロックをぐるぐると包む。

この状態で胸に抱えれば、まるでただ荷物を持っているだけの冒険者に見えるというわけだ。

「ク〜？」

「また窮屈な思いさせてごめんな。でも、ギルドに帰るまではおとなしくしててほしいんだ」

「クー！」

ロックはそれなりに重いが、何かを持つことに関してはプロフェッショナルな俺だ。これくらいで腕が疲れることはない。

忘れ物がないことを確認し、俺たちはフルシュカスの森を後にした。


運が良いことに、ブラックヴォルフ以降は他の魔獣に出会うこともなく、無事に森の近くの村まで帰って来ることが出来た。

ここから王都までは大型の乗合馬車に乗って移動することになる。

乗合馬車は王国各地をぐるぐると回っている公共の乗り物だ。

当然、俺たち以外にもお客さんが乗っている。

大型ともなると最大20人強は乗り込めて、馬車を引く馬も2頭いる。

混んでいる時は少々窮屈だけど、空いている時はスペースを広く使えて快適だ。

さて、今回の馬車の混み具合は……。

「……げっ⁉」

やって来た馬車の屋根には……『黒の雷霆』のメンバーが乗っていた！

もちろん、お客さんとして乗っているわけじゃない。

馬車を魔獣や盗賊から守る用心棒《ようじんぼう》として乗っているんだ。

屋根の上は彼らのためのスペースで、ちゃんと落下防止の手すりもついている。

護衛の仕事は、何も起こらなければ安全に安定した収入を得ることが出来る。

だが、仕事中ずっと馬車に揺られながら周囲を警戒し続けるというのは結構キツいらしい。

何も起こらないに越したことはないが、何も起こらないとあまりにも暇過ぎる……。

当然、そんな仕事にギルドの幹部クラスが食いつくはずもなく、この馬車の屋根に乗っている冒険者もDクラスが３人といったところだ。

ただ……俺はその全員とパーティを組んだことがあるし、お互いに顔も知っている。

俺がギルドを追い出されたことも当然伝わっているだろうし、ここにいることがバレたら嫌な絡《から》み方をされるのは目に見えている。

ここはマントで顔を隠して……って、マントはロックをくるむのに使ってるんだった！

仕方ない。顔を伏《ふ》せてさっさと馬車の中に乗り込んでしまおう。

乗り込みさえすれば、屋根にいる彼らと顔を合わせることはない。

「王都までお願いします……」

「はいよ」

馬車の御者《ぎょしゃ》に料金を払い、出来るだけ気配を消して中に入り込む。

「……ふぅ、見つからなかったか」

あまりしっかりとは見ていないが、屋根の上の用心棒たちは昼寝をしたり、物を食べたり、本を読んだりしていた。

おかげでバレることなく乗り込めたけど、移動中もあの調子で護衛されると困るなぁ……。

まあ、停車中に束《つか》の間の息抜きをしているだけだと信じよう。

「そろそろ出しますよ～」

「あ、はい」

早く席に座らないとな。

この馬車に客は10名ほど乗っている。

ちょうど一番奥の広い席が空いていたので、俺はササッとそこに座った。

「よ～し、これでギルドに帰れるぞ～」

座ると急に気が抜けて、何だか眠気まで襲って来る。

だが、客とはいえ俺も冒険者だ。不測の事態に備えて眠るわけには……！

「その子なぁに？　トカゲさん？」

「え」

顔を上げると、前の席に座っていた女の子が座席から身を乗り出してこちらを見ていた。

そして、彼女の視線の先には……マントから頭を出したロックがいた！

お、落ち着け……。まだロックの頭を見られただけだし、相手は幼い女の子だ。

ごまかす手段はいくらでもある。

「そ、そう、この子はトカゲさんなんだ。俺の相棒《あいぼう》で噛んだりはしないから安心してね」

「ふ～ん、お手っ！」

女の子は左手をロックの前に突き出した。

「クー！」

それに対してロックはマントからもぞもぞと出て来て、自分の右手をぺちっと載せた。

お手なんて教えてないのに、出来てしまうのがドラゴンなのか……！

「わぁ！　このトカゲさん羽が生えてる～！」

マントから出て来たせいで翼が見えてしまった……！

でも、まだ何とかなる！

「は、羽が生えてるトカゲさんなんだ……！」

「クゥ！　クゥ！」

ロックはトカゲ扱いされたのが不満のようで、しっぽをぺちぺちと俺に当てて抗議して来る。

その気持ちはわかるが、今はちょっと我慢してほしい……！

「ふ～ん、珍しいトカゲさん……」

女の子はジーッとロックを見ている。全然興味を失わない。

このままじゃバレてしまうかも……と思ったその時、俺を助けてくれたのは女の子の母親だった。

「こら、ちゃんと座りなさい！」

「あー、トカゲさんが！」

「注意が遅れてすみません……。ついつい居眠りをしてしまったもので……」

「いえいえ、お気になさらず」

頭を下げて来るお母さんに、俺は手を振って返す。

た、助かった〜……。

子どもに嘘をつくのは良い気がしないけど、ここでドラゴンの話が出ると、屋根に乗っている『黒の雷霆』のメンバーに聞かれる恐れがあるからな……。

あのギルドはいつだって金目の物に目を光らせている。

本物のドラゴンの子どもがいるなんてヘイズの耳に入ったら、一体どんなことが起こるか……想像もしたくない。

まあでも、これで王都まで静かに帰れるだろう。

女の子もお母さんに怒られておとなしくなったようだ。

「さっきはごめんなロック。トカゲって言っちゃって……」

小声でロックに語りかける。

すると、ロックの方も小声で「クー」と返事をした。どうやら機嫌は直ったみたいだ。

もう一度ロックをマントでくるみ、膝の上に置く。

その後、馬車は何事もなく進んだ。

ピンチを乗り越えた俺はまた睡魔《すいま》に襲われる。ロックの方はすでに小さな寝息を立てている。

うーむ、俺も少しくらい寝たって……。

「……なんだ、あれ？」

「何の話だ？」

「馬車の右手の方から何かこっちに来てないか？」

屋根の上にいる冒険者たちの声が聞こえて来た。

「魔獣か？」

「人に見えるぞ」

「ゴブリンみたいな人型かもしれん」

「数は何体だ？」

「1体に見える」

……それはおかしな話だ。ゴブリンは通常群れで行動する。

群れからはぐれた場合でも、たった1体で何かに戦いを挑むほどゴブリンの知能は低くない。

「大きくないか？」

「人ではなさそうだな」

「ならゴブリンでもない。あいつらは人間より小さい」

彼らの声に少しずつ焦《あせ》りの色が見え始める。

「明らかにこっちを狙ってるぞ！」

「デカい……デカいって！」

「オーガどころじゃねぇぞ、これ！」

「トロールだ！」

「もっとデカいって！」

「ギガントトロールか……!?」

ギガントトロール……。その名を聞いて俺の眠りかけていた意識は覚醒《かくせい》する。

「嘘だろっ!?」

「このルートにギガントトロールなんてあり得ない！」

「危険度B級に片足突っ込んだバケモノじゃねぇか！」

トロールという、くすんだ緑色の肌を持つ巨大な人型魔獣がいる。

彼らの体長は大体3メートルから4メートル程度。力は強いが頭は悪く、D級冒険者が3人いれば何とでもなる相手だ。

しかし、ギガントトロールはその上位種にして完全な上位互換。

体長は最低でも5メートルを超え、大木や巨石で作った自作の武器を持つ。さらに力は増し、頭も少しマシになり、愚鈍《ぐどん》だった動きにもキレが出る。D級冒険者3人ではとても倒せない。

屋根にいる3人が慌てるのも仕方ない。

馬車の護衛をしていて偶然出会うレベルの魔獣ではないし、俺も王都近郊にギガントロールが出るなんて聞いたことがない。

だが、彼らの慌てっぷりを聞くにギガントロールは出てしまった……。

出た以上、報酬を貰って護衛をしている彼らは戦わなければならない。

「ロック、起きてるな」

「クー!」

強敵の気配を感じ取ったロックはすでに目を覚ましている。

護衛が『黒の雷霆』のメンバーというのは少々気まずいが、ここは人の命が懸かる場面だ。俺個人の感情は抑えて、上の3人と一緒に戦おう。

俺が加わったところでギガントロールは倒せる相手じゃないが、時間を稼ぐことは多少容易になる。

動きにキレがあると言っても、その比較対象はトロール。人間の方がずっと機敏だし、破壊力のある一撃だって当たらなければどうということはない。

俺たちでギガントロールの注意を引き、その間に馬車だけを逃がす。

このまま馬車に乗って全員で逃げるのは危険だ。

ギガントロールは巨体ゆえに一歩が大きく、走ることに集中させてしまうと案外スピードが出る。

でも、短絡的《たんらくてき》な魔獣なので、近くに動く物があるとそっちに意識がいってしまう。

時間を稼ぐためには、囮となる人数が多い方がいいんだ。

俺とロック、そして冒険者３人が動き回ればギガントロールはこんがらがり、攻撃自体をやめさせることも出来るかもしれない。

その間に馬車は王都に駆け込み、救援を呼んでくれればいい。

相手は確かにバケモノだが、特徴を知っていれば過剰《かじょう》に恐れるような相手でもないんだ。

「ママー！　あのおっきなおじさんはなぁに？」

「はいはい、今度は何を……な、なにあれ……っ⁉」

乗客たちがギガントロールの存在に気づき始めた。

もう馬車の窓からハッキリと見える位置にいるんだろう。

ただ、一番奥の席には窓がないので、俺にはまだ見えていない。

「ちょっとごめんね！」

俺は女の子が座っている座席の方に身を乗り出し、窓からその姿を確認する。

「で、デカい……！」

書物から得た知識と実際に体験したことは違う。

ギガントロールの5メートルを超える巨体は、俺の足を震えさせるのに十分な威圧感《いあつかん》だった。

本当にあんなバケモノ相手に時間稼ぎは出来るのか……!?

あの手に持った石のハンマーを一発食らえば、人間の体なんて原形すら……。

「クー！　クー！」

「……そうだな。それが俺たちのやるべきことだもんな！」

俺たちは魔獣を狩って生きるんだ。

あんなデカいだけの魔獣に怯《おび》えている場合じゃない！

「行こう、ロック……うおっ!?」

馬車が急停止し、危うく俺は転びかける。

だが、馬車が止まったということは、上の3人が降りて戦う覚悟を決めたということ。

俺とパーティを組んでいた時はかなり横柄《おうへい》な態度だったけど、なかなか男らしい一面もあるじゃないか！

「俺たちも降りるぞロック！」

「クー！」

ちょうど村と王都の中間、だだっ広い平原で止まった馬車から降りる。

同時に屋根から3人も降りて来る。

「俺です、ユートです！　事情は後で説明しますから、今はギガントロールを……」

しかし、３人に俺の言葉は届かなかった。

「まだ死にたくねぇ！」

「どうせ勝てないんだっ、あんなの！」

「全滅《ぜんめつ》よりは俺たちだけでも……！」

彼らは屋根から降りてすぐ馬の元へ向かい、馬車と馬をつないでいる器具を一心不乱《いっしんふらん》に破壊し始めた。

「ま、まさか……！」

そのまさか……最悪の展開だった。

彼らは恐怖のあまり馬車を見捨て、自分たちだけ馬に乗って逃げ出してしまった。

置いて行かれた御者の顔は驚きと恐怖で引きつり、遠くなっていく彼らの背中に向かって叫ぶ。

「お、お待ちください！　護衛を……私たちを守ってください！」

必死の叫びも虚しく、彼らが帰って来ることはなかった。

そして、この場には馬を失った馬車だけが残った。

「クー！　クー！」

「そ、そうだな……お、俺たちが残ってるよな！」

流石に声も震える。

だが、やるしかない……！　俺たちがみんなを助けるんだ！

「ひぃぃぃ！　もうダメだぁ！」

悲鳴を上げたのは馬車の御者だ。

護衛の冒険者たちが逃げ出すところを間近で見てしまった彼は、自分の足でどこかへと走り去ろうとする。

「待ってください！　馬車から離れちゃダメだ！」

ギガントロールは動く物に興味を示す。

このまま乗客たちまでパニックになって散り散りに逃げ出せば、俺とロックが囮になる作戦も成り立たない！

「馬車の中でジッとしててください！」

「で、でも……このままじゃ……！」

「俺たちがギガントロールを倒します」

「そ、そんなことが可能なのか……!?」

「可能にします！」

それだけの力があるかはわからない。

だが、ここで乗客たちを安心させなければ全滅もあり得る。

なるべく静かに、そして動かずに俺たちの戦いを見守っていてほしい。

「馬車から出来る限り離れた場所で戦いたい。あえて前に出るぞロック！」

「クー！」

俺とロックは地面を蹴り、接近して来るギガントロールに突っ込んでいく。

やはり思考は単純そのもので、ギガントロールの興味はすぐにこちらに移った。

後は俺とロックで上手く攪乱すれば、いくらでも時間は稼げそうだ。

ならば、今のうちに乗客に歩いて逃げてもらうというのも……。

いや、危険だ。魔獣はギガントロールだけとは限らない。何より馬車には小さな女の子が乗っている。まだ王都までは距離があるし、馬車に隠れて助けを待つ方が無難だ。

あいつらは逃げ出したけど、王都に帰れば、ギルドの仲間に逃げ帰って来た理由を絶対に追及《ついきゅう》される。

そして、馬車を置き去りにしたと知れたら、『黒の雷霆』の幹部連中はギルドの評判を落とさないためにも慌てて救援部隊をよこす。

これに関しては悪い意味で信頼がある！

「耐えれば勝ち……耐えれば勝ち……」

欲を出して攻めようとするな。一撃食らえば即死なんだ。

慎重に敵の動きを見極めて回避に専念しろ！

俺とロックはギガントロールの目前で足を止めた。

「かかってこいよ、おっきなおじさん……！」

「グオオオオオーーーーーーッ!!」

咆哮《ほうこう》。そして最初の一撃はロックに向かって振り下ろされた。

「クーッ！」

石のハンマーをひらりと回避し、ロックは口から炎を吐き出す。

「クアァァァァァーーーーーーッ!!」

今まで見た中で一番大きな炎！　本気の火力はこんなに強いのか……！

炎はギガントロールの顔を焼き、その視力を奪った……かに思われたが、流石はタフさとパワーの魔獣ギガントロール。

ロックの炎を受けてもその目は機能を失っていない。

怒ったギガントロールは石のハンマーを連続で振り下ろす。

振り下ろされるたびに地面が揺れ、俺の体を震えさせる……！

「は、速い！　想像以上にギガントロールが……！」

ロックはひょいひょいとかわしているが、振り下ろされるハンマーのスピードはかなり速い。

果たしてあの連撃を俺は回避し切れるのか……。

今はギガントロールの興味が完全にロックに向いているからいい。

でも、ロックを倒せないことを理解して、俺の方に興味が移ったら……。

「間違いなく死ぬ……。ならばいっそ、自分から命を懸けてみるか……！」

ロックが相手をしてくれているうちに、俺はギガントロールの足元に潜《もぐ》り込む。

そして、その大木のように太い脚に白銀の刃を叩き込んだ！

「脚をぶった斬れば立っていられないだろう……！」

ブラックヴォルフより頑丈な魔獣だ。流石にスゥ……と滑《すべ》るようには切断出来ない。

だが刃はぐいぐい食い込み、あと半分で脚を斬り落とせそうなところで……止まった。

「骨か……！」

刃が骨に食い込んで動かない……！

当然ギガントロールは俺の攻撃に気づいている。今すぐ脚を斬り落として動けないようにしなければ、反撃で俺は潰される。

その後は馬車にいる乗客たち……あの女の子だって潰されかねない……！

ロックですらまだこいつに致命傷を与える力はないんだ。

俺がやらねば、誰がやる……！

「この一瞬だけ……俺に俺以上の力を……！」

「クオオオオオーーーーーーッ!!」

突然、ロックの咆哮《ほうこう》が背中越しに聞こえた。

同時に俺の右手に竜の従魔紋が浮かび上がる。

「なぜ、ここで……!?」

従魔紋からは契約時に見た紅色のオーラがあふれ出し、剣へと流れ込んでいく。

剣を包んでいた淡い白い光は赤い光に変わり、俺の体にも力がみなぎってくる……！

「今は何でもいい！　たたっ斬れぇ!!」

赤い光の刃は残った骨と肉を一気に切断した。

ズバッという、力任せに斬った感触が手のひらに残る。

「グオ……オ……オオ……ッ!?」

片脚を失ったギガントロールは立っていることが出来ず、前のめりに地面に倒れ伏した。

巨体が倒れる時のズシンという地響き……。

それをやったのが自分だという実感が、この時の俺にはまだなかった。

「お兄ちゃんもトカゲさんもつよーい！」

放心状態の俺を現実に引き戻したのは、あの女の子の声だった。

馬車の窓から顔を出し、ニコニコしながらこちらを見ている。

この戦いを笑顔で見られるとは、将来は大物になるな……。

「ありがとう！　でも、少しの間だけ向こうを向いててくれるかな？」

「は～い！」

女の子はくるりと背中を向ける。

それでいい。これ以上ショッキングなシーンはまだ見ない方がいい。

「ふんっ！」

従魔紋はもう消えていたが、刃に残っている赤い光を使ってギガントロールの首を落とす。

ここまでやって初めて討伐完了だ。

ギガントロールの体もブラックヴォルフと同じく塵となる。

そして、骨などの硬い部分と魔結石のみが残った。

魔結石と乗客の目撃証言があれば、ギガントロールの存在を裏付ける証拠としては十分だろう。

これで後始末は終わった。俺は振り向いて馬車の女の子に声をかける。

「よし、もうこっち向いていいよ」

「は〜い！　え……!?　おっきなおじさん骨になってる……！」

「それは、えーと、悪いおじさんだったから、お兄さんがやっつけちゃったんだ！」

「やっつけると骨になるんだ……！」

「う、うん、お兄さんの場合はね」

「すごーい！」

実はなんでやっつけると骨になるのかは、お兄さんも知らなかったりして……。

それに竜の従魔紋がなぜ現れたのか、赤いオーラは何なのかも知らなかったりして……。

まあ、何はともあれ死線は越えた！

「クー！」

「ロック、よく頑張ったなぁ！　お前がギガントロールを引き付けてくれなきゃ、俺は今頃どうなっていたか……」

「ク～！　ク、グゥ……」

「頑張ったからお腹空いたね……って、キルトさんの剣で斬ったから肉が残ってない！」

「ク～……」

「ごめんなロック。王都に帰ったら好きな物を腹いっぱい食べさせてやるから、もうちょっとだけ我慢してくれ」

「クー！」

お腹が空いているだけじゃなく、ロックは少し疲れているように見えた。

いくらドラゴンとはいえ、生まれてすぐ戦いの連続だもんな……。

そもそも魔獣の一生とは戦いの連続なのかもしれないけど、俺としてはやっぱり戦わない日も作ってあげたい。

キルトさんのお許しが出たら、明日はゆっくり体を休めてもいいかもな。

おっと、明日のことを考えるのはちゃんとギルドに帰還した後だ。

帰るまでが冒険。まだまだ気を抜くには早いぞ！

◇　◇　◇

ユートとロックが命を懸けてギガントロールを討伐していた頃、逃げ出した3人の冒険者は奪った馬を限界まで走らせて王都に帰還していた。

彼らが真っ先に向かうのは、もちろん自分たちの所属する『黒の雷霆』のギルドベース。

その姿はあまりにも目立ち、誰が見ても緊急事態が起こったのは明らかだった。

それを見過ごすことが出来ないのは、他のギルドに所属する冒険者たち。

彼らは何が起こったのかを把握すべく『黒の雷霆』の拠点に接近し、それとなく中から聞こえて来る声に聞き耳を立てる。

複数存在するギルドは時に協力することもあるが、基本的にはライバル的存在だ。

他のギルドのミスの尻拭《しりぬぐ》いをすれば、相対的に自分たちの名声を高めることになる。

ゆえに彼らは他のギルドの失敗に敏感だった。

そんな中、他人にどう見られているかを考える余裕もない3人は、転がり込むようにギルドベースに入って行った。

「マ、マスター……！　ヘイズさんはいますか……！」

「なんだ、騒々しいぞお前たち」

基本的に各地を飛び回っていることが多いヘイズだが、今日は偶然ギルドベースにいた。

D級という低いランクの仲間に対して彼の態度は冷たい。

「確かお前らは……そうだ、馬車の護衛をしてるんだったか？」

「は、はい……！」

「なぜ、ここにいる」

ヘイズの顔がみるみる険しくなっていく。

腐っても上級ギルドのマスターである彼には、目の前の3人が何をしでかしたのか、おおよそ察しがついていた。

「言え。なぜここにいる」

「あ、ああ……！　ギ、ギガントトロールに襲われて、逃げて来たんです……！」

ギガントトロール……その名を聞いて、ギルドにたむろしていた冒険者たちは息をのむ。

成長した個体は危険度B級に該当《がいとう》することもある強大な魔獣だ。それが王都近郊、それも馬車や人が行き来する街道に出たというのだ。普段なら失敗をごまかすための嘘と思われてもおかしくはない。

だが、逃げ込んで来た3人の恐怖に引きつった顔は、それが真実だと物語っていた。

「チッ……！　面倒なことになったな。動けるC級以上は俺と一緒に来い！　他のギルドに後始末はさせねぇぞ！」

ヘイズの命令を受けて数人の冒険者が準備を始める。

緩《ゆる》んでいたギルド内の空気は一気に引き締まった。

「マスター……俺たちも行くべきでしょうか……」

逃げ帰って来た冒険者の1人が問う。

それに対してヘイズは心底見下した態度で言った。

「おい、手が空いてる奴はこいつらを拘束《こうそく》しておけ！　重大な規律違反だからな。間違いなくクビが飛ぶことになると思え」

「そ、そんな……！　俺たちだけでギガントロールの相手なんて無理ですよ！　乗客と一緒に死んでれば良かったって言うんですか⁉」

「ああ、そうだ。お前らみたいな雑魚がギルドの看板に泥を塗るくらいなら、職務に殉《じゅん》じて死ねば良かったんだ。死亡者を出したらギルドの評価は下がるが、評判は下がらない。その違いがお前らにわかるか……⁉」

「ひぃぃぃぃ……！」

当たり前だが、仕事の最中に冒険者が死亡すれば、その責任はギルドが背負うことになる。

だが、冒険者は危険な仕事ゆえ命を落とす者も珍しくない。その死因が職務に殉じたものだった場合、死が美化されてしまう傾向がある。特に今回のような護衛依頼はわかりやすい。人々を守るために死んだとなれば、それはむしろ名誉だと思われる。

グランドギルドが『黒の雷霆』の評価を下げても、人々からの評判は上がるのだ。

少なくとも守るべき乗客を置き去りにして逃げ出すよりは、勝てない魔獣に戦いを挑んで全滅した方が美談になる……ヘイズはそう言っているのだ。

もちろん、考え方はいろいろあるだろう。

本当にどうにもならない状態とわかっていても死を選ぶべきなのか、無駄に3人分の死体を増やすくらいなら逃げた方がマシなのか……。

ただ、今回の事例に関しては明確な答えがある。

彼らはユートと一緒に戦うべきだったのだ。

ギガントロールは危険だが、どうにもならない相手ではない。

ユートたちと手を組んでいれば馬車を無事に逃がし、自分たちも生き残り、所属するギルドの名声を高めることも出来たはずだ。

だが、彼らにその選択は出来なかった。

自分たちに語りかけるユートの存在にすら気づいていなかった。

勇気、誠意《せいい》、余裕、実力、そして何より知識が彼らには足りなかったのだ。

ヘイズはこれから少しでも自分のギルドの評判を下げないように立ち回る。

こうなった彼は冷酷《れいこく》そのものだ。

「クビになるだけならばいいが、騒動が大きくなったらお前たちの首が飛ぶことになるかもなぁ」

ヘイズは親指で首を斬るようなジェスチャーを見せる。

3人の顔はさらに青ざめ、うち1人は恐怖のあまり失神してしまった。

「マスター、準備が整いました」

C級以上の冒険者たちが装備を整えてヘイズの指示を待つ。

「よし、街道に沿って進み、馬車とギガントロールを探すぞ。どちらもそれなりにデカい。見逃すことはないはずだ」

「了解！」

「すでに他のギルドも動いているだろうが、身内の始末は身内でつけないとなぁ……！」

ギルドベースを出て馬を駆って、王都の外へと急ぐヘイズたち。

王都は城郭《じょうかく》都市なので、外へ出るには街を囲う城壁の各所に設置された門を通る必要がある。

門の周辺は混雑しがちだが、彼らが目指している門に関しては普段から人の往来が少なく、いつもスムーズに通り抜けることが出来る……はずだった。

「こんな日に限って混んでやがるのか……？」

人が集まり、妙に騒がしい門の周り。

その顔ぶれを見てみると、ヘイズも見知ったギルドの冒険者たちがほとんどだった。

みな『黒の雷霆』の失態を聞きつけ、我先にとその尻を拭おうとしていたのだ。

しかし、誰も街道へと出て行くことはなく、門を少し出たあたりで止まっている。

その原因を探るべく、人を押しのけて前へ進む『黒の雷霆』のメンバーたち。

そして、人ごみの先で彼らが見たものは……。

「クウウウウウウーーーーーーーーーッ!!」

トカゲのような謎の魔獣に引っ張られ、猛スピードで接近して来る乗合馬車だった！

第3章　悪徳《あくとく》ギルドを追及せよ

俺とロックがギガントロールを倒してすぐのこと――

「ジッと待つというのも不安なものだな……」

ギガントロールを倒して当面の危機は去ったけど、馬を失った馬車が動くことはない。

助けが来るまでこのまま平原のど真ん中で待機することになる。

あの３人が王都に無事帰っていれば、すぐに助けが来るはずだ。

しかし、今日はブラックヴォルフやギガントロールと、普段見かけない魔獣がうろついている。

帰る途中でまた別の魔獣に襲われている可能性もゼロじゃない。

まあ、最悪でも馬車が定刻通りに到着しないことに誰かが気づくだろうから、待っていれば助けが来るのは確定事項だと思う。

問題はそれがいつになるのか、待っている間にまた襲われないか……ということ。

「ギガントロールが群れで襲って来たら、流石に守り切れる自信はないなぁ」

冒険者とは常に最悪の事態を想定しておくもの。

そして、最悪の事態にも対応出来るように策《さく》を練《ね》っておくもの。

この場合、俺が取るべき最善の策は……。

「自力で王都に帰る……か」

この馬車を動かせれば万事解決だ。だが、大型の乗合馬車は人間が押しても引いてもなかなか動かない。ちょっとずつ動かすことが出来ても、体力の方が持たないだろう。

やっぱり馬ってすごい生き物だよなぁ～。

残念ながらそこら辺に都合良く野生の馬がいるわけないし、やっぱり待つしかないか……。

「グ～……」

屋根の上にいるロックのお腹の音が聞こえる。

お腹が減った状態でも屋根の上から周囲を警戒してくれているが、このままじゃ敵を見つけても戦う元気がなくなってしまう……。

「ダメもとでやってみるか……！」

俺は2年も荷物持ちをやっていたんだ。

馬車の1つくらい、引っ張って王都まで運んでやるぞ！

「すみません、この馬車にロープって置いてますか？」

「ああ……あるよ」

御者からロープを受け取り、自分の体と馬車を結びつける。

経験上いろんなロープの結び方を覚えているので、物を縛《しば》るのは得意だ。

「よし、あとは前に歩き出すだけだ！」

歯を食いしばって最初の一歩を踏み出す。

体にロープが食い込み、馬車がギシギシと音を立てる。

「お、重い……！」

馬車自体も重いけど中には10人も乗っているんだ。

そりゃ並の人間には引っ張れない……！　だが、俺はプロだ……！

「ぐ、ぎぎ……ぎぎぎぃ……！」

呻《うめ》きながら引っ張っていると、馬車の車輪が少しずつ回り始めた。

ゆっくりではあるけど、確かに前に進んでいる！

もしかして俺って、案外すごい人間なのかも……！


「う、おお……おおおっ……ぐふぅ……」

案の定、体力の限界が先に来た。

進んだのは距離にして数メートル程度。当たり前だが王都はまだ見えて来ない。

「やはり、ここはおとなしく待つしか……」

「クー！」

馬車の屋根から降りて来たロックが、翼をパタパタと動かして何かアピールしている。

「まさか……ロックが引っ張るって言うのか？」

「クー！」

……それは考えてはいた。

ロックの方が俺よりパワーがあるのは間違いないからだ。

「でも、お腹空いてるだろ？　大丈夫なのか？」

「ク～！」

ロックは力強くうなずく。

むしろ、自分の力で早く帰ってご飯を食べたいのかもしれない。

確かにこのままじゃ、いつ帰れるのかわからないからな。

「よし、ロックに任せる！　でも、無理はするんじゃないぞ」

「クー！」

ロックの小さな体にロープをしっかりと結びつけ、俺は御者の席に座る。

普通に考えたら、あの体の大きさで馬車を引っ張れるわけがない。

だが、ドラゴンの力は想像の遥か上をいく……！

俺は振り向いて馬車の中に声をかける。

「皆さん、これから馬車が動きます。揺れるので何かに掴まってジッとしていてください！」

乗客たちはよく状況がわかっていないようだが、言われた通り座席に座る。

「ロック、ゆっくりでいいんだ。馬車は急には止まれない。スピードを出し過ぎると事故が起こるし、乗ってる人が怪我をしてしまう。わかったね？」

「クゥウゥーーーーーッ！」

……あんまりわかってなさそうだ。

すでにやる気満々で、猛牛のように前足で地面をガッガッと削《けず》っている。

「た、頼むぞロック……！　出発だ！」

「クゥウゥーーーーーッ！」

ロックが力強く駆け出す。

つながっているロープがピンと張り、あんなに重かった馬車が軽快に動き始める。

やっぱりドラゴンのパワーは底知れない！

「いいぞロック。これくらいのスピードでいいんだ」

最初は、馬よりは速いけど危険ではない絶妙《ぜつみょう》な速度で進んでいた。

しかし、しばらくして王都が見え始めると、ロックの足取りはだんだん速くなってきた。

「ロック、もう少しゆっくり頼む！」

空腹がもう限界なのかもしれない……。早く王都に帰ってご飯を食べたい気持ちがロックを強く突き動かしている。

だが、馬車にはトロッコと違い、ブレーキなどついていない。

安全に停止するには徐々《じょじょ》に減速してもらうしかないんだ。

王都の門の周りには人がたくさん集まっている……。

あそこに猛スピードで突っ込むわけにはいかない！

「かくなる上は、従魔紋の力を使うか……!?」

従魔紋には、従魔の行動を強制的に停止させる力がある。

自分のパートナーが危険な行動をした際には、この力を使って止めるのが義務であり責任だ。

でも、俺はロックと言葉で通じ合えると思っている。

出来る限り強制的な命令はしたくない。

最後にもう1回だけ、従魔紋の力を使わずに呼びかけてみよう。

「お願いだロック！　スピードを落としてくれ！」

「……………クー！」

ロックの足取りは緩やかになり、馬車のスピードも徐々に落ちていく。

そして、門のちょうど手前で馬車は静かに停止した。

ヒヤヒヤしたけど、強制的に命令しなくてもロックと通じ合えた！

もちろん、あれで止まらなかったら従魔紋の力を使っていた。罪のない人を傷つければ、後々ロック自身もきっと苦しむことになる。それだけは絶対に避けなければならなかった。

「お腹が空いてるのによく頑張ったなロック！　偉いぞ～！」

「ク～！」

俺はロープを外してロックを抱きかかえ、その頭を撫でる。

乗客乗員、全員無事に王都に帰って来られた。

……まあ、何人かはくらくらしてるけど命に別状はなさそうだ。

冒険者として波乱《はらん》の再出発になったが、これにて一件落着だ！

「まさか生きて帰れるなんて……奇跡だっ！」

馬車の御者が駆け寄って来て俺の手を握る。

「それもこれもあなた様のおかげです！　ぜひお名前をお聞かせください！」

泣きながらすごい圧で名前を聞かれたのは初めてだ……。

彼の絶望がそれだけ深かったということだろう。

「俺はユート・ドライグ、冒険者です。こっちは相棒のロックです」

「クゥ！」

ロックは右前足を御者に向かって突き出す。

自分とも握手してほしいみたいだ。

「君もありがとう！　おかげで助かったよ！」

「ク～！」

ロックは握手してもらえて嬉しそうだ。

たくさん頑張ったロックに早く何か食べさせてあげたいけど、今すぐこの場を離れられるかと言えばそうもいかない……。

「トカゲさん、これあげる！」

その時、馬車に乗っていた女の子が、ロックに大きな丸いパンを手渡した。

ロックはそれを前足の爪でガッチリ掴む。

「いいのかい？」

「うん！　馬車の中で食べようと思ってたけど、それどころじゃなくなっちゃったもん！　馬車、すごい速くってドキドキしちゃった！　トカゲさんありがとう！」

「クー！」

ロックはガツガツとパンを食べ始める。

ドラゴンは肉食ってわけじゃないんだな。初めて食べるパンも美味しそうにほおばっている。

「私たちのパンもその子にあげてください」

「これくらいしか手持ちがありませんが……」

他の乗客たちも、持っていた食べ物をロックに与《あた》えてくれる。

みんな本当なら、馬車に揺られながらゆっくりパンを食べる予定だったんだろうな。

「ありがとうございます。ロックも喜びます」

「ク～！」

これでロックの食べ物の問題は解決した。

和《なご》やかな雰囲気の中、みんなそれぞれの生活に戻る……というわけにはいかない。

特に御者は、「喜び」から「怒り」へと徐々に感情が移り変わっていく。

「私はこれから『黒の雷霆』に契約違反を訴えに行きます！　現れた魔獣が強かったとしても、逃げ出すのは護衛のすることではない！　これはグランドギルドにも報告するつもりです！」

他の乗客たちも御者に続いて声を上げる。

彼ら全員が被害者だし、こうなるのは至極《しごく》当然だ。

この訴えが届けば、『黒の雷霆』はグランドギルドからの評価も、人々からの評判もガタ落ちするのを避けられない。

それもこれも末端のメンバーを見下して、ロクな教育をしていなかったギルドマスターが悪い。

「もちろん、ユートさんも一緒に来てくれますよね!?」

「あー、はい」

そのギルド……昨日追い出されたところなんですよね……。

俺は乗客として馬車に乗っていたのだから、間違いなく被害者の1人ではある。

でも、ギルドに顔を出せば険悪なムードになるのは目に見えている。

冒険者として『黒の雷霆』の不手際《ふてぎわ》を訴えたい気持ちはある。ただ、良い思い出がないあの場所に、追い出された次の日に向かうのは腰が引ける……。

　とはいえ、断るわけにはいかないか！

　ギガントロールの危険性、冒険者としてやるべきだったこと……それを正確に訴えられるのは、同じ冒険者であり、ギガントロールを倒した俺だけだ。

　ロックの空腹が満たされた今、俺がやるべきことから逃げる道理はない。

「では、一緒にギルドベースに向かいましょう、ユートさん！」

「……いや、よく考えたらギルドベースに向かう必要はありませんでした」

「ええっ!?　それは一体……？」

「ここにいるはずです。『黒の雷霆』のギルドマスター、ヘイズ・ダストルが」

　無事に馬車が止まったことにホッとしてド忘れしていた。

　馬車が停止する直前まで、人ごみの真ん中にヘイズたちがいたことを……！

　そもそも、この人ごみの大半は冒険者。

　つまり、護衛の３人は無事王都に帰っていて、その騒ぎを聞きつけた他のギルドが動き出している証拠……。

　なのに、あのヘイズが動き出さないわけがない。

　俺が見た人物は他人の空似《そらに》じゃないんだ。

　必ずヘイズ本人がこの門まで来ている……！

「ヘイズさんなら……ここにおられますよ」

冒険者の1人が口を開き、それを合図にサッと人の波が2つに分かれる。

すると、人ごみに隠れていたヘイズたちが、割れた海に打ち上げられた魚のように姿を現した。

示し合わせたかのような、一糸乱《いっしみだ》れぬ人々の動きで晒し上げられたヘイズたちは目を白黒させる。

冒険者というのは、他のギルドのミスを追及する時は一致団結する。今回はその習性に助けられた。

こうなったらもうヘイズたちは逃げられない。

逃げようとすれば今度は人の波が閉じ、彼らの退路を塞《ふさ》ぐ。

それにこれだけ同業者が集まっていたら、下手な言い訳をすることも出来ない。

みんな粗探《あらさが》しが大好きだ。誠心誠意謝罪する以外で、ヘイズがこの場を逃れるすべはない。

そしてヘイズもそれがわからない男ではない。

観念したように身を震わせながら、一歩一歩乗客たちへ近づく。その途中、俺と目が合うと一瞬だけ嫌そうに顔を歪《ゆが》めた。

「このたびは……私の監督不行き届きにより……ギルドのメンバーが皆様に大変なご迷惑をおかけしてしまったこと……ギルドマスターとして心よりお詫《わ》び申し上げます……！」

ヘイズは拳を強く握り、深々と頭を下げた。

彼はプライドの高い男だが、頭を下げられないわけじゃない。実際、ロックバードの卵を求めていた男爵にはヘコヘコしていたからな。自分を守る時、自分に得がある時、こいつは腹の中で相手を見下しながらでも頭を下げる。心の底から謝罪をしているわけではないが、そういうポーズは作れるんだ。

でも、なぜか今回はそのポーズが甘い。

悪評を最小限に抑えたいなら、誰かに言われる前に自分から名乗り出て謝罪するべきだし、普段のヘイズならそうしていたはず。

それに今回は自分自身が悪事を働いたわけではなく、ギルドメンバーが失態を犯したパターン。いつものヘイズならメンバーにしれっと責任を押し付けつつ、「自分も被害者です」という雰囲気を作ろうとヘコヘコする。

それが上手く出来ていない。謝罪の言葉も歯切れが悪い。

その原因は……おそらく俺だ！

ヘイズ・ダストルという男のプライドが、俺に頭を下げることを嫌がっているんだ！

まあ、それはそうだろう。

濡《ぬ》れ衣《ぎぬ》を着せて追い出したE級の雑魚に、マスターたる自分が頭を下げるなんて屈辱《くつじょく》だろう。

そう思うと、俺も少しは気分が良くなるってもんだ。

ここは被害者として、他のギルドに所属する冒険者として、論理的に問題点を指摘してやろう。

その後に彼らを裁くのはグランドギルド、そしてグランドマスターの仕事だ。

「頭を下げるだけで済むかーッ！　こっちは死ぬかと思ったんだぞ！　馬まで奪っていきやがって……！　というか、私の馬はどうした！　私の馬を今すぐ返しやがれ！」

俺が口を開く前に御者さんがキレた！

そういえば馬も強奪されたようなものだもんな……。

後々そこも１つの罪となるだろう。

「え、ええ……今すぐにお返しします……！　おい、誰か馬をここに連れて来い！」

仲間たちに命令を出すヘイズ。

この場から離れたかったであろう仲間の数人が、ぞろぞろと王都の中へ引き返していく。

「３人だ！　３人も雇ってたんだぞ！　比較的安全でお客様の少ないルートでも、万が一の事故があってはいけないと３人も冒険者を雇っていたんだ！　Ｄ級とはいえ金もかかる！　なのに、何の役にも立たなかったぞ！」

「申し訳ございません！　我がギルドの中にも教育の行き届いていない、練度《れんど》の低いメンバーがいたようです！　３人は即座に解雇し、ギルドの規律に則《のっと》って賠償《ばいしょう》も行います！　本当に申し訳ございません！　二度とこのようなことがないよう、ギルド内教育の改善に努《つと》めて参ります！」

謝罪に勢いが出て来た。

俺に対する謝罪ではなく、御者個人に対する謝罪だからだ。

この勢いに大抵の人間は騙《だま》される。

「解雇も賠償も当然だ！　まあ、今回の魔獣は確かに強かったようだがね！　自分たちだけで逃げ出すというのは論外だ！　私たちと一緒に逃げるならまだしも！」

「まったくもってその通りでございます……！」

「あの3人に比べて、こちらのユートさんとロックくんは勇敢《ゆうかん》だった！　たった1人と1匹で巨大なギガントロールに挑み、倒してしまったのだから！」

「ギガントロールを……倒した!?」

演技じゃない。これに関してはヘイズも本当に驚いている。

まさか、前日まで荷物持ちにしか使えなかった無能が、危険度B級のギガントロールを倒したなんて信じられるはずがないよなぁ。

俺だって驚いている。でも、信じられなくたって真実は真実なんだ。

「それは素晴らしい働きをしてくれたようですね……。我がギルドのユート・ドライグくんが」

「なっ……！　ユートさんがお前たち『黒の雷霆』のメンバーだって……!?」

「ええ、今日は休みでしたが正義感の強い男です。休みでも関係なく皆様のために働いたのでしょう。こういう素晴らしい男も我がギルドにいるのですが、今回はどうしようもない無能を送り込んでしまい、大変申し訳なく思います……」

「本当なんですか……ユートさん？」

御者さんの肩越しに、ヘイズが俺の目を見てニヤリと笑った。

今回の功績に免《めん》じてギルドに戻してやろう……ということだろう。

冒険者というのは、よほどのベテランでもない限り個人で仕事を受けられない。

そのため、どうしてもギルドの力が強くなる。ギルドに支配されてしまうことが多いんだ。

『黒の雷霆』にいた時、依頼失敗でクビになった人が、何かしらの貢《みつ》ぎ物をヘイズに渡してギルドに復帰させてもらったのを見たことがある。

今回はギガントロール討伐の功績を貢ぎ物とし、俺を『黒の雷霆』に復帰させてやろうと言っているんだ。

腐っても世間的には上級ギルド……。

普通の人間なら、その誘いに乗ってしまうこともあるだろう。

でも、俺にはもうまったく必要ない誘いだ。

「確かに昨日までは『黒の雷霆』に所属していました。ですが……依頼失敗の責任を押し付けられ、不当な暴力を受け、俺はギルドを解雇された！　今はこんな男と何の関係もない！」

俺の予想外の言葉にヘイズの目がクワッと見開かれる。

昨日まではその目が怖かった……。怒られるのが、罵《ののし》られるのが恐ろしかった……。

でも、今は知ったこっちゃない。

勝手に怒ってろよ、俺とは無関係の無能マスターさん……！

「俺はユート・ドライグ！　所属は『キルトのギルド』だ！　それ以外のどこでもない！」

懐から取り出した、『キルトのギルド』のエンブレムが描かれたライセンスカードは、俺の言葉が真実であると証明してくれる。

同時にこのライセンスには、俺が『黒の雷霆』に所属していた記録も残っている。

今回の件と俺の解雇は無関係だから、この場で話すつもりはなかった。

だが、向こうから突っつかれたらしょうがない。

俺の知っている『黒の雷霆』の杜撰《ずさん》な管理体制を、公衆の面前で暴露《ばくろ》してやる。

「自分の罪を軽くするために俺をギルドに再加入させようとしたようですが、その手には乗りません。俺はすでに別のギルドに所属している冒険者です。今回のギガントロール討伐で名声を得るのは『キルトのギルド』なんですよ」

みんな『キルトのギルド』ってどこのギルドだよって顔をしてるけど、ライセンスのエンブレムが『黒の雷霆』のものではないのはハッキリしている。

疑いの視線は自然とヘイズへと集まっていく。

「そ、そうだったな……！　2年も一緒だったから、まだ仲間の気がしただけなんだ……！　それに解雇の原因はユート側にもあっただろ？　俺だってマスターとして泣く泣くお前を切るしかなかったんだ！　誰に対しても平等に責任を問う……それがギルド運営ってものだろ？」

どこまでも白々《しらじら》しい男だ……。

濡れ衣を着せ、暴力まで振るって追い出した相手に「まだ仲間の気がしていた」と言うなんて。

ギルドに所属していた時から、俺を仲間と思ったことはないくせに……。

「自信満々に依頼の品を間違えるマスターを止めることが出来なかったという意味では、確かに俺にも責任の一端はあったかもしれませんね。子どもに言い聞かせるように、正しいことを根気良く教えて差し上げれば良かったと後悔……はしていませんけど」

一瞬、ヘイズの額に青筋が立ったのを俺は見逃さなかった。

あの日の出来事はヘイズにとって相当に恥らしい。

そりゃE級冒険者の俺の方が正しい知識を持っていたのだから、A級冒険者のギルドマスター様としては恥じるしかないだろう。

ただ、卵の種類を見誤ったという意味では俺も同じ。

まさか、あの卵がドラゴンの卵だなんて誰も思わなかった。

あの日、あの時、卵と共に追放されたのは俺にとって幸運だった。

そして、ヘイズにとっては大変な不幸だった。

ロックバードの卵は手に入らなくても、ドラゴンの卵があればズール男爵がキレることは絶対になかっただろう。

それどころかヘイズたちに感謝し、『黒の雷霆』の評価は大きく上昇していたかもしれない。

ドラゴンという存在はそれほどまでに貴重だ。

お互いにドラゴンに対する知識が足りていなかった。

だが、運は俺の方に向いていた。

絶望と共にギルドを追い出されたと思っていたが、その時にはもう希望を抱えていたんだ。

ロックというかけがえのない希望を……！

今ロックと初めて対面したヘイズは、その正体がドラゴンだと気づいているに違いない。そして、それがあの卵から生まれたのだと理解しているはず。

悪い奴だが頭は回る。状況を分析すれば、答えにたどり着くのは難しくない。

ヘイズはあの時逃した魚の大きさに打ちひしがれていることだろう。

人はいつも正しい選択が出来るわけじゃない。

だが卵のことも、今回の敵前逃亡のことも、少しの冷静さがあればチャンスに変えられていた。

それが出来なかったから、今こうして公衆の面前で追及を受けている！

短気は損気……この状況ほどこの言葉が身に染みることはない。

「この場で自分の解雇の正当性を議論するつもりはありません。ただ、ヘイズ・ダストルという男の言葉は、その大半が責任を逃れるための嘘だと……宣言しておきます」

「な、何を根拠にそんなことを……！」

「根拠は俺の2年間です。ギルド内教育の改善……？　改善するも何も、教育なんてものは最初から存在しません。『黒の雷霆』はマスターである彼のお気に入りの者だけ優遇され、他のメンバーには最低限の装備の支給も行われないし、何かを教えられることもない。すべて自己責任で、ミスをすれば簡単に切り捨てられます」

「そ、それはだな……」

「冒険者というのは決して安定した職業ではありませんが、彼のやっていることは切り捨て前提の雇用です。ロクな仕事を与えず、ロクな報酬も与えないから、実力も自信もつかない。だから、他のギルドへの移籍もままならない……。飼い殺しにされてしまうんです」

1年くらい前、俺より年下なのに魔法の才能がある子が『黒の雷霆』に入って来た。

少し臆病だけど真面目な性格で、上級ギルドに入れたことを喜んでいた。

でも、ヘイズにとっては気に入らない性格だったようで、魔法を必要としない肉体労働ばかりをやらされていた。

本人は「これも修業」と言って耐えていたけど、ついに魔法をまともに使うことなく体を壊して辞めざるを得なくなった。

その後、その子がどこに行ったのか……俺は知らない。

「逃げてしまった3人を擁護するつもりはありませんが、彼らだって少しの余裕、少しの知識があれば強大な敵にも立ち向かえたはずなんです。俺の話を一言でも聞いてくれれば、ギガントロールのことをわずかでも知っていたら……罪を背負うことはなかったはずです」

ここまで具体的に指摘すれば、ギルドの体制も少しは改善……されるとは思えない。

人がそう簡単に変わらないように、組織の体制も簡単には変わらない。

俺にはヘイズや『黒の雷霆』を裁く権利はない。

ここで暴力に訴えて改善を迫っても、罪人になるのは俺の方だ。

そう、彼らを裁くのは……。

「ヘイズ・ダストルさん……」

「な、なんだ……！」

「あなたは今回の失態をグランドマスターに報告してください。それも自分から……です。本当に申し訳ないという気持ちがあるなら、真実を洗いざらい話せるはずです」

「そっ、それは……それだけは……！」

正直、下《した》っ端《ぱ》冒険者の俺にはグランドマスターがどんな仕事をしているのかわからない。

ギルドの不正や犯罪を裁くとは聞いているが、具体的にどうするのか……。

でも、少なくともヘイズは嫌がっている！

そもそも俺をクビにしたのも、貴族が「グランドマスターに報告する」と言い出したからだった。

ヘイズにとってはそれほどまでに絶対に関わりたくない相手……。

だからこそ、自分の口で報告させるのが一番！

同業者に囲まれて言い逃れ出来ないこの状況で、最も関わりたくない相手に自分の恥を報告しろと迫るのが、今の俺に出来る最高の仕返しだ！

同時に体制改善への良い薬になると思いたい。今の体制のままだと、消えた雑用係の穴を誰かが埋めることになる。そして、その誰かとは俺のように立場の弱い人間だ。

元雑用係として、負の連鎖《れんさ》は断ち切りたい……！

「さあ、どうなんですかヘイズさん。今回の事件は幸運にも死人は出ていません。一発でギルド解散に追い込まれることはないでしょう。ならば、恐れることなくグランドマスターの裁きを待つことが出来るのではありませんか？　もちろん、他にもやましいことを抱えているというのなら話は別ですけど……」

「か、抱えていない！　やましいことなど何もない！　ほ、本当だ！　ああ、報告するぅ……！俺から絶対にグランドマスターに報告するぅぅぅ……！　だから、もう、やめてくれぇぇぇ……！」

ヘイズは膝から崩れ落ちて地面に手をついた。その体はプライドを傷つけられた怒りからか、プルプルと震えている。

でも、なーんか怪しい……。今回の件とは別に何かを隠しているような……。

まあ、すでに部外者の俺にギルドの内部を調べる権限はない。そこはグランドギルドの人たちに頑張ってもらうとしよう。

昨日までこの男の下でビクビクしながら働いてた俺が、「グランドマスターに自分から報告する」という言質《げんち》を取っただけでも結構頑張ったんじゃないかな？

それにしても激動の2日間だ……。

ロックと違ってパンを食べてない俺はお腹ペコペコだし、もう体だってくたくたなんだ。

この場で出来ることは十分やったと思う。

そろそろ帰らせてもらおうかな、キルトさんのところに！

「ということで、皆さんに対する賠償も行われると思います。ここにいる全員が証人ですからね」

馬車の乗客たちを振り返ってそう伝える。

隙を見せたら賠償の金額すら下げてくるのがヘイズたちだ。彼らをよく知る俺がこの場で問い詰めておけば、舐めた真似はそうそう出来ないだろう。

「ありがとうございますユートさん！　わざわざ私たちのために……！」

相変わらず圧が強いぜ……御者さん。

「いえいえ、これは俺のためにやったことですから」

話に区切りがついたことを察して、門の周りに集まっていた冒険者たちは退散していく。

みんな「面白いものが見れたな」といった表情だが、その中の数人はロックの方に視線を向けているのを俺は見逃さなかった。

やはり実力のある冒険者はロックがドラゴンだと気づいている……。

翼の存在、明らかに知能が高そうなパンの食べ方、そして何より俺みたいなランクの低そうな冒険者がギガントロールを討伐したという事実。

本来ならあり得ない勝利にドラゴンが関わっているとすれば、彼らも納得がいくのだろう。

ロックを大っぴらに奪い取ろうと考えている人はいないと願いたいが、これからはその可能性も念頭に置いて動かないとな。

特に俺の目の前でうずくまっている男には要注意だ。

「ヘイズさん、俺に対する賠償はいりません。冒険者としてすべきことをしたまでですから」

「あ、ああ……」

「ただ、ギガントロール討伐の報酬と評価は受け取ります。討伐の証明である魔結石はうちのギルドから提出し、その解析で得た情報は『黒の雷霆』に送ってもらいますので、グランドマスターへの報告に役立ててください」

「くっ……！　わかった……！」

ヘイズの言葉に覇気《はき》が……いや、この場合は怒気か。明らかに怒りの感情が戻って来ている。こいつ……やっぱり完全に反省はしてないな！

そりゃ公衆の面前で恥をかかされたら、それが自業自得だとしても怒りたい気持ちはわかる。

でも、立ち直りが早過ぎる……！

この先もヘイズと『黒の雷霆』は俺の前に立ちはだかるかもしれない。そう思わずにはいられないが……構わない、受けて立つさ。

間違ったことを続けるのなら、何度でも裁かれる。

そして、最後にはすべてを失うことになる。

俺はそこまでは望んでいないが、本人たちに変わる気がないなら……仕方がない。

「帰ろうロック。俺はかなり疲れちゃったよ」

「クー！」

貰ったパンをすべて食べ終えたロックは、食後の運動がてらテクテクと自分の足で歩き出す。

俺はヘイズをその場に残し、ロックの後ろをついて行く。

……ロックってギルドの場所を覚えてるのか？

迷うことなく歩いているけど、一体どこに向かっているんだろう？

気になったのでしばらく黙ってロックの後ろについて行くと、なんと『キルトのギルド』にちゃんとたどり着いた。

これなら街中で迷子になっても問題ないな。

「ロックは賢いなぁ～」

実は俺の方が迷子になりかけていたのは言わないでおこう。

相棒としての信用に関わるからな……！

「遅くなりましたキルトさん！　でも、依頼の品はちゃんと……」

ギルドの中に入ると、キルトさんがテーブルの上に体を投げ出し倒れていた。

「あ……！　キルトさん！　大丈夫ですか⁉」

恐ろしい想像が頭の中を支配する。脱力し切ったその体は……まさか……！

強く体をゆすって、目覚めることを祈る……！

「うぅ、にゃぁ……うわわ……！　ど、どど、どうしたのユートくん！　何かあったのかい⁉」

「それはこっちのセリフですよ！　良かった……無事で……」

キルトさんは元気そうだった。

でも、あんな体勢で倒れてたら誰だって死んでると思っちゃうよ……。

「あー、ごめんごめん。私って案外どこでも寝ちゃうからさ……」

「寝てるだけならいいんですけど、心配しましたよ！」

「いやぁ、今まで1人でやって来たからねぇ。ギルドの中はどこでもベッドで……おっと」

キルトさんはガバッと開いていた脚を閉じて、恥じらいながらスカートを押さえる。

「お姉さん、はしたない格好だったね……。お見苦しいものを見せちゃったかな……？」

「それどころじゃありませんでした！」

「あ、あはは、本当にごめん！　今度からはちゃんとベッドで寝ます！」

キルトさんはテーブルから飛び起き、逃げるように受付カウンターの中に入る。

それから手で髪や衣服を整えた後、カウンターに頬杖をつきながら精一杯格好をつけて言った。

「さて、今回の冒険の話を聞かせてもらおうかな？」

さっきまでテーブルの上で死んだように眠っていた人とは思えないけど、そのギャップがおちゃめというか……かわいいんだよなぁ～。

「では、報告させていただきます。ただ、結構長くなりますよ」

「え、何かあったの？」

「ええ、そりゃもう……ね」

ジャッカロープを倒し、角を集めていたのが遠い昔のことのようだ。

1つ1つ余すことなくキルトさんに報告しよう。俺とロックの濃い濃い1日の出来事を！

「まずはこれをどうぞ」

背負っていたリュックをカウンターに置く。

キルトさんはその中身を確認し、感嘆の声を上げる。

「おおっ！　ほとんど完全な状態の角じゃないか！　2本だけ砕けちゃってるけど、この状態でも十分質が良い！　なかなか素晴らしい成果だね……ん？」

キルトさんはリュックから黒い牙と爪を取り出した。

そう、まず1つ目のハプニングだったブラックヴォルフの体の一部だ。

「これはブラックヴォルフの爪と牙……。でも、フルシュカスの森には出ないはず……」

「それが出たんですよ。見かけたのは1頭だけでしたけど、それなりに育った個体でした。もしかしたら群れが存在する可能性もあります」

「むぅ、それは災難だったね。ブラックヴォルフは獰猛さに加えて厄介な性質を持っている。これは上に報告して各ギルドに注意喚起《かんき》をしてもらった方が良さそうだ。後で魔結石も解析しておくとしよう」

「お願いします」

注意喚起1つで救える命があるかもしれないからな。

そう考えると、持ち帰ったもう1つの方の魔結石の持ち主にも注意しないといけない。

「もう1個あるこっちの魔結石はどの魔獣のだい？　かなり大きいけど……」

「ギガントロールです」

「えっ!?　ギガントロールもフルシュカスの森に出たの!?」

「いえ、帰りの馬車に乗っている時に遭遇しました。ちょうど王都と村をつなぐ街道の真ん中あたりで、こちらも1体だけで行動していたみたいです」

「むむむ……ブラックヴォルフはいろんな森に生息しているし、数頭がフルシュカスの森にまで流れて来てもおかしくはない。でも、ギガントロールとは珍しい……。まあ、頭が悪いから、迷子になってとんでもないところに現れたという記録は残ってるけど、ほんの数例よ」

「でも、一応は前例があるんですね」

「ええ、その通り。今回はその数少ない例の1つだった可能性が一番高いかな。他の可能性としては自分より強い魔獣が住処に現れて、逃げるしかなかったというのも考えられるけど……。危険度B級のギガントロールが逃げ出す魔獣なんて考えたくないよね！」

「そりゃそうですね！」

今回は俺が不運だっただけと考えよう。

そして、生きて帰れたことに感謝しよう……！

「それにしても、よくこの2体の魔獣を倒せたね！　倒す覚悟を決めて動いていたならまだしも、いきなり遭遇したらビックリする相手に負けなかったのはすごいよ！　やっぱりユートくんとロックちゃんには特別な強さがあるんだろうなぁ～」

「いやぁ、それほどでも～」

「ク～」

……って、照れてる場合じゃない！

俺たちが勝てた理由はもう1つあるじゃないか！

「キルトさん……このいただいた剣なんですけど……」

「あ、使いにくかった？」

「いえ、むしろよく斬れて斬れて恐ろしいくらいでした！　なんなんですか、この光る剣は……！　とってもありがたかったですけど、気になります！」

俺は剣を抜いてキルトさんに見せる。やっぱりその刃は淡く発光している。

薄暗いこの建物の中だと、それがよくわかる。

「うおっ……光ってる……！」

キルトさんは心底驚いた顔をする。目はまん丸で口も開いている。

「どうして、この刃は光るんでしょうか？　もしかして、キルトさんも知らないとか……？」

「確かに原理は知らない。でも、光ることは知っているよ。なぜなら……私も同じ剣を持っているからさ」

キルトさんはカウンターに、鞘に収められた剣を置く。その鞘のデザインは俺の持っている剣の鞘と似ている……というか同じだ。ただ、キルトさんの鞘の方が使い込まれているので、年季が入っているというかすごみを感じる。

「まあ、同じ剣と言っても、こちらは私に合わせて刃が変化しているけどね」

キルトさんが剣を抜く。その刃は白銀ではなく、鮮やかな瑠璃色《るりいろ》だった。

その表面には波打つような模様も浮かび上がっている。

「その剣とこっちの剣が……同じ!?」

「元々は同じだったんだ。でも、そっちは予備だからほとんど使ってない。だから形も変わってないんだね」

「なるほど……って、剣って使い込めば形が変わるものでしたっけ!?」

「ふふっ、変わらないよ、普通の剣は。この2つの剣は特別なんだ」

「一体、何で作られてるんですか？」

キルトさんはチラッとロックの方を見た後、少しもったいぶって言った。

「……竜の牙だよ。1本の竜の牙から削り出された双子の双剣……それが正体さ」

「竜の牙……!?」

「クゥ……!?」

ロックも驚いたようだ。

今にも眠ってしまいそうなくらいトロンとしていた目が見開かれている。

「あっ、竜を殺して作ったわけじゃないよ!?　むしろ殺されかけたのは私の方だから！　まあ、喧嘩を売ったのも私の方だけどね……。いやぁ、あの頃は何にでも勝てる気がしてたけど、牙を1本折っただけで後はボコボコだったもんなぁ～」

まったく想像出来ない話だ！

ただ、キルトさんがすごい冒険者なのかもしれないという俺の予想は当たっていた。

「どうして、そんなすごい剣を俺に渡したんですか？」

「それは……あはは、それ以外の剣が手元になかったからなんだ。とはいえ、丸腰で仕事させるわけにもいかないし、その場で剣を買いに行くのもなんか準備が悪いギルドだと思われそうで……。そのぉ、見栄《みえ》を張るためにその剣を渡しましたぁ……」

そ、そんなことで竜の牙を……！

前の職場と比べたら、剣を持たせようと思ってくれるだけでありがたいのに。

「でも、ビックリさせるつもりはなかったんだよ？　竜の牙で出来ているだけで、本来ただ頑丈な剣に過ぎないからね。実際、最初にこの剣を見せた時は光ってなかったでしょ？」

「それは確かに……」

森に向かう前に見せてもらった時は、ただ真っすぐな両刃の剣としか思わなかった。

「竜の牙から削り出された剣は、持ち主に合わせて形を変えていく……。でも、それは絶対じゃない。剣に認められ、剣が自主的に姿を変えて持ち主の力になろうとしてくれなければ、頑丈なだけの鉄の剣と変わらないんだよ」

「じゃあ、この剣は俺を認めている……？　何の実績も、魔法も、剣技もないのに……」

「もしかしたらユートくんって、まだ磨《みが》かれてないだけの巨大なダイヤの原石なのかもね！　だからこそ、剣は眠っている力を引き出すために姿を変えた。ユートくん本来の力に応えるためには、自分も進化しないといけないと思ったんだよ」

「俺の……俺なんかのために……」

なかなか人には認めてもらえない人生だった。

でも、この剣は出会ったばかりの俺を認めてくれるというのか。

ふふっ……なんて優しい剣だろう。

「ユートくんはずっと頑張ってる。その証拠は確かな実績として残っているんだ。ちょっと、ライセンスを私に渡してくれない？」

言われた通り、キルトさんにライセンスを渡す。

キルトさんはそれを確認した後、カウンターの上に袋をドサッと置いた。

そんなに大きな袋ではないが、中には何やら重そうな物が入っている。

「今回の報酬だよ。本来の依頼以外の諸々も込みのね。中身を確認してみて」

「え……これ、金貨が10枚以上入ってますよ⁉」

ジャッカロープの角の回収、ブラックヴォルフ討伐、ギガントロールの討伐……それらをすべて合わせても、こんなに金貨が貰えるはずはない。

それにギガントロール討伐に関しては、馬車を守ったことをまだ報告していない。

だから、そのことを考慮《こうりょ》して報酬を増やしているわけでもない……。

「キルトさん……。気持ちはありがたいですけど、規律を外れるような上乗せがされた報酬は受け取れません……」

「ち、違うよ⁉ これはD級昇格のお祝い金が入ってるだけで、ルール違反はしてないよ！」

「えっ⁉ 俺がD級……⁉」

「ライセンスの評価ポイントの欄《らん》……見てないの？」

「なかなか昇格しないんで気にするだけ無駄だと思い、見ないようにしてました……」

「そ、そうなんだ……。あとちょっとで昇格だったから、ユートくんも楽しみにしてるもんだと思っていたよ」

「あ、あはは、俺がD級冒険者……か」

『黒の雷霆』にいた時は依頼をこなしても増えるポイントは微々《びび》たるもので、いちいち気にしていては体に悪いと思い、いつからか目を逸らすようになっていた。

でも、そうか……。積み重ねてきたものは消えないんだな……。

「本来ならもっと早くに昇格してるはずだよ。荷物持ちだろうと働いてるんだ。そりゃ前でバリバリ戦う人員に比べて、貰える報酬や評価が少ないのは仕方ない。それでも一緒に命を懸けてる。ヘイズの奴……規律違反ギリギリまでポイントを低く見積もってたな……！　Ｅ級のままの方が安く使い潰せるから……！」

キルトさんが怒りをにじませる。

俺のために怒ってくれる人がいるって、なんと幸せなことだろう。

「この報酬も、このＤ級の称号も、ユートくんが受け取って当然のものだ。だから、胸を張って受け取るといい！」

「はい……！」

胸を張って受け取れと言われたのに、俺はうつむいて涙を流していた。

絶望したって流れることがなかった涙が今日は止まらない。

「あっ……！　も、もしかして、私の怒った顔が怖かった？　よく言われるんだよね、怒った顔が怖くて泣きたくなるって……！」

「いえ……嬉しくて泣いてるんです……」

「ク〜！」

涙を拭っていると、ロックが俺の体に飛びついて来た。

そして体をよじ登り、頭まで来ると前足をポンと俺の頭に載せた。

「もしかして、慰《なぐさ》めてくれるのか……？」

「クー！」

ロックは前足で髪の毛をわしゃわしゃし始めた。

頭を撫でる……と言うには少々乱暴だが、その気持ちは十分に伝わった。

「ありがとう、キルトさん、ロック！　これからはＤ級冒険者として頑張っていきます！」

「うんうん！　ユートくんもロックちゃんも頼りにしてるよ」

「ク〜！　ク〜！」

止まっていた時間が動き出したような感覚。

自分のやって来たことが正当に評価される喜び。

逆に言えば、これからのすべては自分次第ということ。

嬉しいからこそ気を引き締めていこう。この居場所を失わないために……！

それにまだ報告すべきことは残っている。

一呼吸おいて精神を落ち着け、馬車で起こった出来事をキルトさんに伝える。

そして、ギガントロールの魔結石から得られた情報を『黒の雷霆』に送る必要があることも、忘れることなく伝えた。

「思った以上に災難だったみたいだね……。相手が相手とはいえ敵前逃亡は重大な規律違反になる。

ふふふ……あのヘイズが頭を下げて自分の失態を総本部に報告するというなら、こっちもキッチリ正確な情報を届けてあげないとねぇ……！」

キルトさんはしめしめといった表情だ。

ギルドマスターの間でもヘイズは結構嫌われているらしい。

「私は早速魔結石の解析に入るよ。こういうのは先に済ませた方がいいからね」

「ええ、お願いします」

「ところで話は変わるけど、ユートくんって今日泊まる場所はあるのかい？」

「あ……ないです。でも、これだけ報酬をいただければ宿の確保くらい……」

「それなら、ここに住むといい。見ての通り人が全然いないから、2階にある生活スペースも持て余しているんだ。人がいようがいまいが家賃は変わらないし、私としては使ってくれる人がいる方が嬉しいな」

「え、いいんですか？」

「もちろん！　だってユートくんはこのギルドのメンバーなんだよ？」

「お金は……」

「いらないさ。元気に働いてくれればそれでいいんだ。人の力以上に貴重なものはないからね」

男としては自分の住む場所の金は自分で払うと言いたいところだが、今の俺に強がりを言う余裕はない……。

今日でこそたくさんの報酬を貰ったけど、これからも冒険者として暮らしていくなら貯金だってする必要がある。

魔獣討伐の依頼に行けない時は、ロックの食べる物も自前で用意しないといけない。

俺はいくらでも食事を我慢するけど、ロックにはひもじい思いをさせたくない……。

そのためにはまとまったお金が必要なんだ。

「……ありがとうございます。お言葉に甘えさせていただきます！」

「それでいい。素直な子は素敵だ」

キルトさんはカウンターにカギを置いた。

カギにはタグが取り付けられており、そこには「1」と刻まれている。

「ユートくんの部屋は1号室だ。広くはないけど家具はある程度揃ってる。掃除も一応してあるけど、気になったら自分で掃除してくれると助かる。私、そういう作業が苦手でね……」

「お気遣いありがとうございます。掃除くらいは自分たちでやります」

「クー！」

……自分たちと言ったが、ロックに掃除は難しそうだな。

だが、俺は掃除に関してもプロフェッショナルだ。パーティに入れば荷物持ち、ギルドで待機の時は掃除を含めた雑務……。ある意味これも2年間の積み重ね、消えない実績のようなものだ。

「じゃあ、1号室に荷物を置いて来るといい。その後はくつろぐ前に一度ここに戻って来てくれるかな？」

「了解しました」

1号室は2階にある。荷物を持ってロックと共に階段を上がる。

外から見た時はボロく見えたこの建物も、中を歩いてみるとそうでもないことがわかる。

階段を上っても軋《きし》んだりしないしね。

「ここが1号室だな」

「1」と刻まれた立派な扉はそうそう蹴破《けやぶ》れそうにないほど頑丈に見えた。

流石に格安宿とは作りが違うな……！

「お邪魔《じゃま》します……」

扉を開けて中に入る。そこは思っていた以上に広い空間だった。

少なくともベッド、丸テーブル、椅子《いす》、本棚、タンスが配置されているのに窮屈さを感じない。

もちろん、ロックを満足に走り回らせる……なんてことは無理だけど、男1人とドラゴンの子ども1匹が暮らすには十分過ぎる部屋だった。

「これは頑張って働かないとな……！」

この部屋にタダで住まわせてもらうんだ。こういう言葉も自然と出て来る。

「クー！」

ロックは窓のヘリに跳び乗り、そこから見える外の景色を眺《なが》める。

「おぉ……ここから街の通りが見えるのか」

ちょうど玄関の上に位置するこの部屋からは、街を行き交う人々がよく見える。

逆に言えば、通行人からも窓辺のロックが見えているわけだが……まあ、ギルドにいる間は、怪しい奴が来てもキルトさんが何とかしてくれるだろう。

それに『キルトのギルド』所属の冒険者がドラゴンらしき魔獣を連れているという情報は、もうすでに広まっているかもしれない。

大勢の冒険者の前でヘイズに啖呵《たんか》を切ってしまったからな！

まあ、後悔なんてしていない。

「ふぁぁぁ……。ベッドに腰掛けてるとそのまま眠ってしまいそうだ……。荷物も置いたし、キルトさんのところに戻ろう」

「ク～！」

眠たい目をこすりながら部屋にカギをかけ、階段を下りて1階に戻る。

「やあやあ、眠たそうなのに呼び戻して済まないね」

「いえいえ、まだ働けます」

「それは頼もしい。でも、仕事のことで呼び出したわけじゃないんだ。私が話したいのはユートくんの防具のことでね」

確か防具も用意すると、フルシュカスの森に向かう前に言われていたな……。

ほんと何から何まで申し訳ない……！

「防具は体に合わせて作るから時間がかかる。さっきはおいおいと言ったけど、もし余裕があるなら、今日のうちに依頼を出しておいた方がいいと思ってね」

粗悪品《そあくひん》や中古品ばかり使っていた俺でも、オーダーメイドに時間がかかることは知っている。

俺自身が店に出向いて採寸してもらう必要があるし、今日の内に済ませた方が後々楽になるのは確かだ。

「依頼する工房に関してはユートくんの自由だけど、特にこだわりがないなら私オススメの工房に行ってほしいな」

「ええ、そうしようと思います。俺、腕の良い職人さんとか全然知らないので……」

「ふふふ……腕に関しては心配ないよ。私が紹介する職人は、私たちが持つ竜の牙の剣を作った人だからね」

「へぇ、それは……ええっ!?　そんなすごい人に依頼するんですか!?」

「もちろん、ただの防具を依頼すれば断られる可能性が高い……。その人は高額報酬の依頼をいくつも抱えているから。でも、特別な素材を用意して『俺にしか作れねぇ！』と思わせることが出来たら……速攻《そっこう》で食いつく！　そういう人なんだよね」

「職人気質……なんですかね。でも、特別な素材なんか俺は……」

「あるはずだよ。ユートくんの荷物の中に」

「俺の荷物の中に……？　あっ、まさか……！」

アレだ……！　ある意味、竜の牙に匹敵《ひってき》するであろう貴重な素材が俺の持ち物の中にある！

「ロックが生まれて来た……卵の殻ですね」

「その通り！」

ドラゴンの卵は伝説クラスの逸品《いっぴん》だ。

当然その卵の殻だって一生お目にかかれないくらいの貴重品。凄腕職人でも納得すること間違いなしの特別な素材になる。

それに卵の殻はとても硬くて軽いんだ。防具の素材にするにはぴったりだろう。

「ユートくんが荷物を運ぶ時、金属とは少し違う、何か硬い物がこすれる音が聞こえたんだ。それでもしかしたら、卵の殻をまだ持ってるんじゃないかって考えたわけさ」

「音だけで……！　すごいですね！」

「まあ、実はちょっと自信がなくって、すぐには言い出せなかったんだよね。そのせいで卵の殻をまた2階に取りに行ってもらわないといけなくなっちゃったけど……ごめんね」

「いえいえ、それくらい気にしませんよ」

駆け足で1号室に戻って卵の殻を持って来る。

そして、殻をカウンターの上に広げる。

「今もロックが生まれた直後と変わらず硬いままですね」

「時間経過で性質が変わったり、劣化《れっか》したりはしてないってことね。まあ、ロックちゃんが生まれたのは今日の朝だから、材質の変化を語るには短過ぎる時間ではあるけど……」

「ドラゴンの殻の性質なんて、誰に聞いてもわかりませんからね……」

この卵の殻を防具として利用するなら、やはりドラゴン由来の素材に触れたことがある職人に任せるのが一番という結論になる。

「キルトさん、その職人さんの工房はどこにあるんですか？」

「王都の中心街の方だね。人気店だから土地代の高いところにも店を構えられるのさ。そして、その凄腕職人の名はコーボ・レープクーヘン。工房の名前は『コーボの工房』だ。ふふっ、安直なネーミングで覚えやすいだろう？」

「は、はい……」

要するに『キルトのギルド』と同じ発想だ。

なのによく安直と言い切ったものだ……。

「スムーズに依頼を進めるために私から紹介状を書いておくよ。あそこはいつも混んでるから、これがあるのとないのとでは大違いだからねぇ」

キルトさんはサラサラと紙に文章をしたため、封筒に入れて俺に渡してくれた。

「工房までの地図は……いらないかな。中心街に行けば案内看板も立ってるし、何よりユートくんはそっち方面に詳《くわ》しそうだし」

「まあ、中心街のギルドで働いてましたからね」

『コーボの工房』……言われてみれば少し聞き覚えがあるような……。店の前を通り過ぎたことも何度かあったかもしれない。

とりあえず迷子になることはないだろう。

「あ、その工房って従魔を連れて行ってもいいんでしょうか？」

「問題ないよ。あそこは従魔用の武器や防具まで請け負ってるからね。大丈夫だと思うけど、ロックちゃんは他の従魔と喧嘩しないように！」

「ク〜！」

ロックはこれまで通り、リュックに入れて連れて行く。

もう話が広まっている可能性はあるけど、さらにこちらから目立つ理由もないからな。

「じゃあ、行ってきます！」

「うん、気をつけて」

ギルドベースを出て王都の中心街へと歩き出す。

疲れは溜《た》まっているが、初めて訪ねる工房にワクワクする気持ちも強い。『黒の雷霆』にいた時はまったく縁のない施設だったからなぁ〜。

それにしても、夕暮れの大通りには人が多い。

悪い奴がいても察知する力は俺にないので、ちょくちょくロックがリュックの中にいることを確認しつつ、案内看板と記憶を頼りに工房を目指す。

「……うん、間違いなくここだ」

その大きな建物には『コーボの工房』と書かれた看板がでかでかと掲《かか》げられていた。

ここが『コーボの工房』じゃなかったら逆に問題だろう。

人の往来《おうらい》があまりにも多いためか、工房の扉は開けっ放しにされている。俺もその人の流れに乗って工房の中へ入る。

「うおぉ……ひ、広い……！」

エントランスには順番を待つための椅子が並べられ、複数ある窓口もすべて客で埋《う》まっている。

正直、キルトさんから凄腕の職人の話を聞いた時は、知る人ぞ知る小さな工房を紹介されると思っていた。

そこには自分が納得した依頼しか受けない頑固《がんこ》な職人がいる……みたいなね。

でも、王都の中心街に店があると聞いてイメージが変わった。

やはり凄腕は人々から求められ、大きな店を持つまでになるんだ……！

「ご来店の方はまずこちらで受付を済ませてくださーい！」

「あ、行かないと……」

俺は受付カウンターに並ぶ。

スムーズに客は捌《さば》かれ、すぐに俺の順番が来た。

「こんばんは！　初めてご来店の方ですね？」

「えっ……ええ、そうです」

やはり緊張が顔に出ているからバレるか……。

「では、ご来店の目的を簡単に教えてください」

「えっと、防具の作製……ですかね？」

「紹介状などはありますか？」

「あります！　コーボ・レープクーヘンさんにこれを……」

キルトさんの紹介状を渡す。

受付のお姉さんは中身を確認し、「おー！」と声を漏らす。

「では、この69番の番号札を持ってお待ちください。順番が来たらお呼びしますね」

「わかりました」

番号札を受け取り、他の客と同じように椅子に座って待つ。

安全のためリュックは膝の上に載せておく。ロックはどうやら寝ているようで、リュックから顔を出すことはなかった。

この人ごみの中でロックの存在がバレたら軽くパニックになりそうだし、寝てくれて助かったと言うべきかな。

「69番でお待ちの方ー！」

「は、はい！」

呼ばれるのが早くないか？

俺よりずっと前から待っている人たちが恨《うら》めしそうな目で見てくる。でも行かないわけにはいかないので、さっさと呼ばれた方へ向かう。

「こちらへどうぞ」

他の客とは違い、工房の奥へ奥へと通される。

そして、最後に突き当たった応接室のような場所にその人はいた。

「やあ、俺がコーボ・レープクーヘンだ」

凄腕職人コーボ・レープクーヘンは燃えるような赤い髪を持つ……女性だった！

なんとなく男性だと思っていたので驚いたが、別に女性が職人でも問題はない。腕前さえあれば性別なんて関係ない職業だ。

「はじめまして、ユート・ドライグと申します」

「おう！　キルトの紹介で誰か来たって言うから、どんな奴かと思いきや……」

コーボさんは俺に近寄り、舐《な》めるように全身を見回す。

なんというか、そのぉ、コーボさんはとっても肉感的な体つきで、スレンダーなキルトさんとはまた違った大人の魅力がある。

しかも服のサイズが小さいのか、こういうデザインなのか、お腹や胸元の露出度が高いので近寄られると目のやり場に非常に困る……。

「うふふ……かわいいじゃない。キルトもついに若いツバメを囲い出したか！」

「い、いやっ！　俺とキルトさんは決していかがわしい関係では……！　ただギルドをクビになって路頭に迷っていた俺を拾ってくれた恩人なんです！」

「うんうん、そういうことにしておこう！」

コーボさんはニヤニヤしている。

彼女は歳がキルトさんと近そうだし、冒険者と職人という関係だけじゃなくプライベートでも仲が良いのかも……。

「いいなぁ～。俺も忙しくなかったら、男でも囲い込むんだけどなぁ～。でも、仕事が一番楽しいから暇《ひま》になるのは困るもんなぁ～」

こういう絡まれ方は、まだ恋愛経験のない俺には上手く返せない……！

返事に窮《きゅう》する俺を放って、コーボさんは話を続ける。

「……ということで、俺は忙しいんだ。いくら友達の紹介とはいえ、ただの防具を作る依頼を優先して受けることはねぇ～。まあ、俺くらいになると依頼をこなす順番なんて自由自在だけど、一応マナーってものがあるからねぇ～」

「えっ、キルトさんの紹介状に素材のことは書いてませんでしたか？」

もし提供する素材がドラゴンの卵の殻と知ったうえでこの反応なら、俺にはもうどうすることも出来ない……！

「いや、防具を作ってやってくれとしか書いてなかったけど……」

コーボさんの顔つきが明らかに変わる。

キラキラとした好奇心に満ちた瞳でこっちを見てくる……！

「なになに？　俺の興味を惹いて、優先的に依頼を通せるような素材を持って来たとでも言うのかい？　ふっふっふっ、俺も安く見られたもんだ。あらゆる素材を扱って来た俺をそう簡単に振り向かせることが出来るとは思わないことだ！」

言葉とは裏腹にちょっと嬉しそうなコーボさん。

俺をソファーに座らせると、テーブルを挟んだ反対側にコーボさんも座った。

「出しなっ、その素材ってやつを……！」

「あの……これです」

テーブルの上に卵の殻を広げる。

するとコーボさんはテーブルに手をつき、顔をギリギリまで近づけて殻を観察し始めた。

まるでエサの匂いを嗅ぐ猫のように！

「ふんふん、これは魔獣の卵の殻だな……。柄《がら》を見るにイワトカゲとロックバードに近いが、どちらとも違う。まったく見たことがない模様だ……」

すごい……！　この一瞬で間違えやすい2種の魔獣を選択肢から外せるとは……。

やはり彼女は凄腕職人なんだ。

「……悔しいけど降参する。これは何の殻なんだ？」

「これはドラゴンの卵の殻です」

「え……？　ドラゴンってあのドラゴン？」

「そうです。間違いありません」

「かわいい顔して、なかなか派手なことを言うじゃないか。確かに新種の卵であることは間違いなさそうだが、それをドラゴンの卵と断定出来る根拠はなんだ？　キルトでさえ出会ったことがあるのは成体のドラゴン！　卵の殻を判別出来るとは思えない！」

「それは……」

「クー！」

目を覚ましたロックがリュックから顔を出した。

実にナイスタイミング！

ロックこそがその卵の殻がドラゴンの物である証拠なのだから！

「ひぃぃぃぃぃっ!!　魔獣ウウウーーーーーーッ!!」

コーボさんがソファーごと後ろにひっくり返った!?

さらに彼女は四《よ》つん這《ば》いで部屋の片隅《かたすみ》に逃げると、壁にべったりと張り付いて震え始めた。

「お、俺……生きた魔獣はダメなんだよぉーーーッ！」

「ええっ⁉　従魔用の装備も作ってるんでしょう？」

「採寸は他のスタッフにやらせて、俺はそれを遠くから見てるだけなんだ！　後の工程は魔獣と直接触れ合う必要はないし問題ないんだけどぉ～！」

「ク～？」

「ひえっ……！　こっちに来ないでぇ～！」

ロックは、今までにない反応を見せるコーボさんに興味津々のようだ。

でも、これ以上近づけさせると話がこんがらがりそうなので、ロックは俺の膝の上に座らせる。

「ロックは話の通じる子です。これ以上は近づけないようにしますから、どうか落ち着いてください。何も知らずに従魔を連れて来たことは謝罪します。すみません」

「いや……そもそもこの工房は従魔を連れて来ても構わない場所だ。ただ、俺が個人的に苦手としているだけで……！」

コーボさんは少し落ち着いて、倒したソファーを元に戻す。

そして、ソファーの後ろに隠れながら話を再開した。

「なるほど……その子がドラゴンってわけだな……。だからこそ、この殻をドラゴンの卵と断定出来るんだ……」

「はい。俺はこの子……ロックがこの卵から生まれて来た瞬間を見ていますから」

「ふふふ……完全に降参だ。俺はビクビクと怯えている今ですら、その卵の殻に興味津々なのだから！　作ってみたい……！　その素材で新しい装備を！」

「クー！」

「ひぃぃぃっ！　鳴かないでっ！」

と、とりあえずコーボさんの興味を惹くことには成功したみたいだけど……。

「この子ずっとこっち見てるんだけどぉ～！」

「ク～？」

この調子で今日中にどんな防具を作るか決められるだろうか……。

その後、ロックが動くたびに悲鳴を上げていたコーボさんだったが、しばらくするとロックがおとなしい子と理解したのか落ち着きを取り戻していった。

「ふぅ……。とりあえず、そのまま両手で持って膝の上に置いといてくれよ……！」

「了解です。それでなんですが……」

「ああ、作るさ。俺は竜の牙から剣を作った女だ。ならば、竜の卵の殻を扱えるのは俺しかいないってことよ！」

キルトさんが想定した通りのセリフを引き出せた！

これで防具は作ってもらえることになったけど……一体何を作ってもらえばいいんだ？

「さっきから俺もただ騒いでいたわけじゃない。騒いでいる間にも殻を観察し、作れそうな防具をいくつも頭に思い浮かべている。まず1つ言えるのは、この素材の量で全身を覆《おお》うような防具は作れないってことだな」

ドラゴンの卵は魔獣の卵の中でも大きい部類だが、人間以上に大きいわけじゃない。当然それを素材にしてフルプレートの鎧《よろい》などを作ることは不可能だろう。

「つまり、守る箇所を絞るんですね」

「ああ、その通り。そして、絞ったうえで守るべき箇所は当然急所！　俺はヘルムとチェストプレートの製作をオススメするぞ！　まあ、すべてはお前さん次第だがな」

ヘルムとチェストプレート……要するに頭と胸を守れということだ。

人間は脆いから、急所以外でも大きく損傷すれば死ぬ。でも、些細《ささい》なダメージが深刻化しやすいのは間違いなく脳と心臓だ。そこを最優先で守れというのは、紛れもない正論だった。

ただ……卵の殻で頭を守ると聞くと、殻をそのまんま被らされる姿を想像してしまう。それでも防具として機能すると思うけど、あまりにもダサくないか……？

ダサさと命とどっちが大事かと言われるとそりゃ命だ。

でも、人に見られる仕事である以上、見た目も気にせざるを得ないというか、モチベーションに関わるというか……。

「あの、卵の殻ってどうやって加工するんですか？」

「金属みたいに熱して打って、伸ばして成形するんだ。魔獣の卵の殻はそもそもの性質が金属に近いからな。おそらくドラゴンの卵でもそれは変わらないというか、前に扱った時はそうだった」

「えっ、前にもドラゴンの卵を……!?」

「正確には依頼者がドラゴンの卵の殻だと言い張ってた素材……だがな。その時は今回みたいに完全な状態じゃなくって、殻のほんの欠片《かけら》だけだったし、証拠となる物も提示されなかった。ただ、依頼者はお守り代わりのペンダントにしてくれって言ってさ。作ったわけよ」

コーボさんは遠くを見ながら、懐かしむように言う。

「不思議な素材だった。硬いくせにどこか柔軟さもあって、俺が望むような形に自然と変わっていくような感覚があった。もしあれがドラゴンの卵だったなら、今回だって作れるさ。俺が思い描く理想の防具をな！　大丈夫、大丈夫！　卵の殻をそのまま被らせたりはしないって！」

「あはは、それは助かります！」

ひよっこだから卵が似合うとか言われなくて良かった！

「それでどんなデザインがいいとか理想はあるか？　すべてを叶えられるとは言えないが、依頼者の要望は出来る限り取り入れさせてもらうぞ」

「えっと、一言で言うとカッコいいデザイン……ですかね。何がカッコいいかは具体的に言えないんですけど……」

「それで十分さ。俺が思う『カッコいい』を防具に詰め込むとしよう」

「あ、ありがとうございます！」

「いいってことよ！　男ってのはカッコつけるために命を懸ける生き物だ。その気持ちはわかる。

でも、カッコつけて死んだらカッコ悪い。だから、俺はカッコ良く命を守る！　そのために職人やってんだ！」

コーボさんはウインクしながらグッと親指を立てる。

その姿はちゃめっ気たっぷりで、どこかキルトさんと似たものを感じた。

「さて、いろいろ決まったところで納期についてだが……1週間は見てもらいたい。俺ぐらいになると3日もかからず物を仕上げることもあるが、素材が素材だからな。時間に追われながら扱うのは流石にヘビーだ。余裕を持って進めたい」

「俺は全然構いません。コーボさんのペースで進めていただければと思います」

というか1週間でも十分早いよな……。

腕の良い職人ほどこだわり抜いて時間がかかると思っていたけど、コーボさんの場合は作業の効率化にもこだわっているようだ。

「そして何より料金の話だが……持ち込んでもらった素材以外にも、防具を作るにはいろいろ使うからな。当然その分の費用も盛り込まれる。さらに俺に作らせるんだから安くは済まない！」

「は、はい……」

「だが、安心しな！　請求は全部キルトに送り付けておくからさ！　あいつ、稼いでる割に浪費《ろうひ》しないから、かなり貯め込んでるはずだぜ……ぐふふっ！」

「は、ははは……」

最初からキルトさんが払ってくれることは決まっていたとはいえ、申し訳ない気持ちはある。

ギルドはメンバーに最低限の装備を支給する義務があるが、ドラゴン由来の装備はタダで貰うには豪華過ぎる。

今回はお言葉に甘えさせてもらうけど、これからは自分の稼ぎで武器や防具の面倒を見ていかないとな。

そして、いつかは今回の分の恩返しもしたい。

「よし、依頼は成立だ！　完成を楽しみに待っててくれよな！」

「はい！　お忙しいところ話を聞いていただいて、ありがとうございます！」

「気にすんな。俺の作業工程はいつもアバウトさ。いつ休んでも、いつ他のことをやってもいい。作り上げる物はいつだって完璧だがね」

「クー！」

静かにしていたロックが翼をパタパタと動かして鳴く。

コーボさんはビクッと体を震わせたが、逃げることはなかった。

「そういえば、この卵の殻はお前の物だったな……。ご主人様のためにちゃんと有効活用するから暴れないでくれよ～」

「ク～！」

妙に上機嫌なロックを連れて、俺は『コーボの工房』を後にする。

採寸は最後にスタッフさんがやってくれたので、後は完成を楽しみに待っていればいい。

今日初めて会ったばかりだけど、コーボさんに任せておけば大丈夫だろうという確信がある。

「今日はいろいろあったなぁ～」

「クゥ～」

今までの人生で一番充実した1日だったかもしれない。

グゥゥゥ……！　突然、俺のお腹が鳴った。

そういえば今日は何かを食べた覚えがない！

というか、昨日の夜から何も食べてない……？

『黒の雷霆』を追放されて、ボロの宿に泊まって、落ちるように寝て、ロックが生まれて、『キルトのギルド』に駆け込んで、従魔契約を交わして、依頼を受けて、たくさんの魔獣と戦って、ヘイズの謝罪を受けて、D級冒険者に昇格して、防具の製作を依頼して……。

思い出そうとすると頭がこんがらがる密度《みつど》だ……！

お腹が空いていることは自覚していたけど、暇がなさ過ぎて食事を忘れるのも無理はない。

でも、一度食事を意識し始めると、強烈な空腹感が襲い掛かって来る……！

グゥゥゥ……！

「グゥゥゥ……！」

「は、恥ずかしいから真似しないでほしいな……！」

腹の音を再現するとはロックもなかなか愉快な子だ。

ただ、ロックはさっきパンを分けてもらってるから、そこまでお腹が空いてないんだろうな。

「ここは俺が食べたい物を食べるとしよう……！」

本当なら防具製作のことをキルトさんに報告して、お礼を言ってから食事をするべきなんだろうけど、今の俺は腹が空き過ぎて歩くのも辛い……！

このままでは中心街から王都の外れまで帰るのは難しい。

何か、俺の強烈な空腹を満たしてくれる物は……。

「……ハッ！　ここは人気のパン屋さん……！」

壁がガラス張りで、店内に並んでいる様々なパンが外からも見える。中心街にある店なだけあってお値段も相当な……。

いつも美味しそうだなと思いつつ、前を通り過ぎるだけの日々だった。

でも、今は依頼達成とD級昇格で貰ったお金がある。

少々お高めと言ってもパンはパン。金貨があれば余裕で好きなだけ食べられる……！

しかし、良いのだろうか？　俺がそんな贅沢をして……。

染みついた貧《まず》しい感覚が二の足を踏ませるけど……もう我慢出来ない！

「ロックの分のパンも買うから、少しの間だけリュックから顔を出さないでくれよ。本来、食べ物を売るお店に魔獣を入れたらダメだからね」

「クー！」

店の外で待機させておくのがマナーだけど、流石にロックを一人には出来ない。

どこで誰が狙っているか、わかったもんじゃないからな……。

「店の外から欲しいパンに目星をつけて……サッと購入する！」

俺は店内に入って5分とかからずパンをゲット。すぐに会計を済ませ、無事に外へ出ることに成功した！

その間、ロックもちゃんとリュックの中で静かにしていた。

「偉いぞ~ロック。またお腹が空いたらパンを食べるといい」

俺はお腹ペコペコなので今すぐ食う！

近くのベンチに座り、買ったばかりのパンをバクバク食べていく。

塩気のあるパンも、甘いパンも、お肉が入ったパンも、果物が入ったパンも、欲望の赴《おもむ》くままに全部食べる！

自分でも驚くくらい手が止まらない。

ずっと見ているだけだった王都の人気店のパンは美味いなんてもんじゃない。

パンってこんなに柔らかかったんだな～。

俺は今まで硬いパンばかりを食べていたんだ……！

「……ああ、もう全部食べちゃった」

一気食いの罪悪感……。でも、それ以上の満足感！

美味い、美味い、また食べたい！　頑張って働けば、この願いも叶うだろう！

「よし、エネルギーは補給出来た！　ギルドに帰ろう！」

「クー！」


足取り軽く、俺たちはギルドへと戻って来た。

カウンターには出かけた時と変わらずキルトさんがいて、紙に何かの文章を書き連《つら》ねている最中だった。

「あ、おかえりなさい。コーボの反応はどうだった？」

「キルトさんの予想通り、ドラゴンの卵の殻に興味津々で、防具の製作も快諾《かいだく》してくれました」

「ふふっ、やっぱりね。ついでに言うと、かなりお高い代金を請求されたんじゃない？　もちろん請求先は私！」

「すごいですね……！　その通りです」

「まあ、それなりに長い付き合いだからね。あいつの考えてることは大体わかるよ。お金については私がちゃんと支払うから安心して」

「ありがとうございます。受けた恩をいつか返せるように頑張ります！」

「期待してるよ。でも、今日のところは休んだ方がいい。ずいぶんハードな1日になっちゃっただろうからね」

「あはは……本当にそうですね」

「1階の奥にシャワーがある。ここは見た目の割に設備がしっかりした建物でね。サッと熱いお湯を浴びてから寝ると、疲れもよく取れると思うよ」

「じゃあ、お言葉に甘えて……。そうだ、これ、帰りに寄ったパン屋で買った物なんですが、よろしければどうぞ」

俺はキルトさんにパンを手渡す。

彼女の分ももちろん忘れずに買っていた。食べ物の好みがわからなかったので、無難にロールパンにしてある。

「わぁ……！　ありがとう！　味わって食べるね！」

「い、いやぁ、喜んでいただけて光栄です！」

思ったよりも嬉しそうな笑顔を見せるキルトさんにドキドキしつつ、俺とロックはシャワーを浴びて1日の汚れと疲れを流すことにした。

前の宿舎にもシャワーはあったけど、水の勢いが弱く、湯の温度もぬるめだった。

でも、ここのシャワーは勢いが強い。

しかも割と最新式の魔法道具を使っているのか、お湯の温度もダイヤルで細かく調整出来る。

「クウウウ〜！」

ロックもシャワーを浴びて気持ち良さそうだ。

水を苦手とする素振《そぶ》りはまったくない。流石はドラゴンといったところか。

「ふぅ～、気持ち良かった！」

あまりに気持ちいいので、思ったより長くシャワーを浴びてしまった。

置いてあるタオルで体を拭き、２階の自室から持って来ていた新しい服に着替える。

ロックの体についた水もしっかりと拭き取れば、もう眠る準備は整ったようなものだ。

「キルトさん、シャワーお先でした」

「ふふっ、気持ち良かったでしょ？　私もあと少し仕事を詰めた後、シャワーを浴びて今日は終わりにするよ。ユートくんは気にせずゆっくりと体を休めてね」

「はい、ありがとうございます。おやすみなさい」

「おやすみ！」

キルトさんは自分の書いた文章とにらめっこしている。仕事はまだ長引きそうだな……と素人《しろうと》ながらに思った。

それはそれとして、俺の体はもう限界だ！

睡魔《すいま》に抗《あらが》うことが出来ない……。油断すると気絶してしまいそうだ……！

決死の思いで部屋に入り、ベッドに倒れ込むようにして寝転ぶ。

「あ～……布団が被れない……」

足元にたたんである布団を引っ張り上げる気力すらない。

その場でもぞもぞと動いていると、ロックが布団を口で咥《くわ》えて俺に被せてくれた。

「クゥ！　クゥ！　クゥ！」

「ありがとうロック……」

ちょくちょく寝てるからか、ロックの方はまだ元気そうだった。

きっと、買って来たパンを自分で取り出して食べてくれるだろう……。

「お休み……」

「クゥ～」

布団を被せてもらった俺の意識は、すぐに眠りへと落ちていった……。

◇　◇　◇

ユートがぐっすり寝ている頃――

上級ギルド『黒の雷霆』では、本日2度目の緊急会議が開かれていた。

議題はもちろん、所属メンバーが護衛対象を見捨てて逃走した件についてだ。

「諸君、本日は誠に厄日《やくび》だ。同日に2度の緊急会議など前代《ぜんだい》未聞《みもん》……。だが、開かざるを得ない。

その理由はもちろんわかっているな？」

1回目の会議よりも空気は張り詰めていた。

ヘイズの言葉に幹部たちはただただうなずく。

「我がギルドのメンバー……名前はもう忘れたが馬鹿3人がやらかした。そのせいで俺は公衆の面前で謝罪を迫られ、グランドマスターへの報告を誓《ちか》わされた……！　しかも、あのユート・ドライグにぃぃぃッ!!」

幹部たちは他の依頼を進めていたので、ヘイズが頭を下げる瞬間を見ていない。

しかし、この件にあのユートが絡んでいることは知らされている。

なぜあの何の取り柄《とえ》もない雑用係がギガントロールを倒し、馬車を守ることが出来たのか……。

明確な答えはヘイズの口から語られていない。

だが、幹部たちもウワサは耳にしている。

ユートがドラゴンの子を連れていた……と。

「……まあ、今はあいつのことなんてどうでもいい！　問題はグランドマスターへの報告を避けられないということだ。他のギルドの連中に現場を見られ過ぎた……。こうなったら開き直ってすぐさま報告をした方が、グランドマスターの心証も良いだろう」

「ならば、会議の前に報告を行うべきでは……」

幹部の1人が口を挟む。

ヘイズはその言葉を待っていたと言わんばかりに笑みを浮かべる。

「案ずるな……。もうすでに報告は終わっている」

ヘイズの言葉に幹部たちはざわつく。

あれだけ取り乱しておいて、やることはやっている……。この異常なまでの切り替えの早さが上級たる所以《ゆえん》だ。

会議室の空気は少し緩み、みな安堵の表情を浮かべている。

「おい、気を抜くのはまだ早いぞ……！」

場の空気が一瞬で引き締まる。ヘイズはまだまだ機嫌が悪い。

「敵前逃亡……重大な規律違反だ。しかも無駄に騒がれ過ぎた。こうなるとグランドギルドから検査官が送られて来る可能性が高い！」

「グランドギルドの検査官が……!?」

それは規律の乱れたギルドに送り込まれ、内部から現状を把握し、場合によってはギルドの評価を大幅に下げるなどして罰《ばつ》を与える恐るべき存在。

彼らの仕事は悪く言えば粗探しであり、送り込まれた時点で粗があると判断されたようなものだ。

どれだけ体裁《ていさい》を取りつくろうとも、彼らは必ず粗を見つけ出し評価を下げてくる。

ならば、問題はどこで下げ止めるかということ。取りつくろうことは無意味ではない。

弱小も含めればギルドは膨大な数が存在し、どこも何かしらはやらかす。

ゆえに検査官たちは忙しい。送り込まれてから長くても1週間くらいで彼らは引き揚げていく。

その日までボロを出さずに耐え抜けば、被害を最小限に抑えられるとヘイズは考えていた。

だが、それは逆もしかり……。

1週間の間にまた重大な問題が発生すれば、ギルド解散まではいかなくとも上級認定取り消しは普通にあり得る。

上級ギルド『黒の雷霆』という看板は、幹部の想像以上に風前の灯火《ともしび》なのだ。

「いいか諸君！　検査官が来る前に都合の悪い書類などは処分し、来た後は失敗しそうな難しい依頼は受けないように心がけろ！　良い顔をしようとするな！　とにかく無難に普通に平凡《へいぼん》に1週間をやり過ごせばいい！　その後はいつも通りだ！」

「「イエス、マスター！」」

「ギルドの中は小綺麗にしておけ！　検査する先が汚くて印象が良くなる人間などいない！　露骨《ろこつ》ではなく自然にもてなしてやれ！」

「「イエス、マスター！」」

「……元気な返事を貰ったところ悪いが、すでにギルドの中がいつもより汚れているのはなぜだ!?　掃除が行き届いてないだけでなく、店から届いた消耗品《しょうもうひん》の数々がそこら辺に放置されているじゃないか！　なぜこんなことになっている!?」

「「イ、イエス、マスター……」」

「具体的に答えろ！」

押し黙ってしまう幹部たち。

数秒後、静寂《せいじゃく》に耐え切れなくなった幹部の1人が口を開く。

「そのぉ……いつも掃除や物品の整理を行《おこな》っていたユートがいなくなったので、誰がやればいいのか決めかねていたのです……。私たちもそれ相応に忙しいので……」

「それくらい自分たちで決められないのか！　それともなんだ……？　ユートをクビにした俺が間違っていると言いたいのか……!?」

「め、滅相《めっそう》もございません！　すぐに担当の者を決定いたしますぅ……！」

ヘイズの怒りに触れ、発言した幹部は縮こまってしまった。

「とにかく！　今は雌伏《しふく》の時だ！　脅威が過ぎ去るのをジッと耐え、その後はまた俺たちらしいギルド運営に戻ればいい！　いいか、気を抜き過ぎるんじゃないぞ！」

「「イエス、マスター！」」

「お前らの失態で上級認定取り消しにでもなった時には……いや、言うまでもなくわかっているよな？　栄光ある幹部諸君は……！」

「「イエス……マスター……！」」

「では解散！　まず誰か掃除をしろ！」

幹部たちをどやしながら会議室を出るヘイズ。

そんな苛立《いらだ》ちを抑えられない彼の前に現れたのは、ロックバードの卵の探索にも同行していた恋人だった。

「ねえ、ヘイズ。私たちの次の冒険はいつになるの？」

彼女の名はシウル・トゥルーデル。

顔立ちとスタイルだけなら、王都で一番と言っても過言ではないくらい若く美しい女性だった。

「ああ、冒険ねぇ……。ちょっとこの数日間は忙しくなる。一緒に冒険は出来そうもないなぁ」

「何それ？　私、珍しい魔獣が見られるっていうからこのギルドにいるんですけど？」

「それはわかってるが……今はそのギルドの存続が懸かったピンチなんだ。俺があちこち飛び回るわけにはいかない。賢いシウルならわかってくれるよな？」

「むぅ……仕方ない！　じゃあヘイズの代わりにあちこち飛び回る人を教えてよ。しばらくはその人について行くわ！」

「おいおい、堂々と浮気か？」

「違う！　私はそんな軽い女じゃない！」

「わ、わかってるよ……。冗談じゃないか」

「つまらないこと言わないでよ！」

鮮やかな紫色の髪を振り乱し、紫色の瞳でヘイズをにらみつけるシウル。

普通ならこんな生意気な女は殴《なぐ》りつけて終わりのヘイズだが、彼女に対してはそうもいかない。

シウルはヘイズにとってトロフィーのようなもので、並んで歩いて世の男たちに見せつけるため

の装飾品《そうしょくひん》なのだ。

性格が悪く、頭が悪く、武術や魔術も並以下というシウルだが、見た目だけは本当に良い。

顔はすべてのパーツが整った小顔で、胸と尻は張り出ているのに腰は引き締まっている。

王都の大通りを歩けば男どころか女も振り返るほどだ。

ヘイズからすれば、隣に置いておくだけで自分の男としての価値を高めてくれる存在を、つまらない癇癪《かんしゃく》で手放すわけにはいかない。甘やかしてでも手なずけておきたい女なのだ。

そういう意味では、ヘイズもまた、自分の力を見せつけるために魔獣の卵を集め、魔獣を飼っている貴族となんら変わりないのかもしれない。

「そうだ！　明後日《あさって》、エルロコの奴が『アルタートゥムの遺跡群《いせきぐん》』の定期調査に出るはずだ。シウルはそれについて行くといい！」

「アルタートゥムの遺跡群？」

「その名の通り、古代の遺物がわんさか眠っている場所さ。今の人類では仕組みを理解することが出来ないような物もたくさん転がっていて、そこに棲む魔獣も独自の進化を遂《と》げているものが多い。お前の言う珍しい魔獣もたくさんいるはずさ！」

「……いいね。行ってみるわ」

「じゃあ、エルロコの奴には俺から話しておく。明後日まではおとなしく待機しておくんだぞ」

「はーい。明日は画材を買い足すくらいにして静かに過ごすわ」

落ち着いたシウルは自室に帰ろうと歩き出す。

「あ、そうだシウル」

「なぁに？」

「お前、今、暇だったりするか？」

「まあ、お風呂入って寝るだけだけど？」

「じゃあ、ギルドの掃除を頼まれてくれないか？　検査官が来るかもしれないから……」

「私が……掃除!?」

「いや、やっぱいいや！　やめとく！」

「ふんっ……！」

ぷんぷん怒って足早に去っていくシウル。

ヘイズはその背中を蹴り飛ばしたい欲求を抑えつつ、彼女に聞こえないようにつぶやく。

「怒った顔もかわいくなかったら原形がなくなるまで殴ってたところだ……！　ふんっ、あれで性格も良ければ完璧なんだが、それじゃあ俺にまで回ってこないことは理解している……」

美人でスタイル抜群《ばつぐん》で性格も良かったら、それこそ貴族に囲われていてもおかしくはない。

上級とはいえギルドマスターの女程度に落ち着いているのは、ひとえに彼女の素行《そこう》の悪さが原因……とは言い切れない事情が、実はシウルにはある。

ただ、ヘイズはシウルの過去にも目的にも興味などなかった。

「まあ、ダメな子ほどかわいいとも言う。少しずつ調教《ちょうきょう》していけばいいさ……。まだ俺たちは出会ったばかりなんだからな……！　ククク……！」

名誉も女も手放さない。そのためにヘイズは検査官の目を欺《あざむ》く策を講じる。

その日の『黒の雷霆』のギルドベースは、夜遅くまで明かりが灯《とも》っていたという……。

◇　◇　◇

そして、翌日――

元の職場が騒がしかったことなどつゆ知らず、ユートは今までの人生の中で最も気持ち良く目を覚ました……が、すぐにその顔は青ざめていった。

「ヤバい……！」

時計の針は4時を指している。

しかし、それは朝の4時ではなく夕方の4時であった。

「ギルドに入った次の日から大寝坊……⁉」

これは舐めていると思われても仕方がない。

ユートは慌ててベッドから飛び起きた。

第4章　黒の欲望と古代遺跡

質の良い睡眠にはベッドとか食事とか肉体的な要素も必要ではあるが、一番大きな要素は精神の安定だと俺は思う。

やるべきことをやり切った後の眠りは深く、次の目覚めも気持ちのいいものになる。

ただ、今回は気持ち良過ぎた……。

『キルトのギルド』に加入して早々に、俺は夕方まで寝るという大失態を犯してしまった！

「いきなりキルトさんに失望されてしまう……！」

誰かに失望された経験は豊富だが、やっと出会えた理解者とも呼べるキルトさんに失望されると精神的ショックが大きい……！

従魔契約を結ぶという目的を果たしたらリボるのか、昇格でお金を貰ったらやる気がなくなったのか……とかキルトさんに言われたら、今日は逆に眠れなくなってしまう！

「ク～！」

「あ、おはようロック。よく眠れたかい？」

「クー！」

うーん、今日も元気な返事だ！

昨日ロックのために買ったパンはなくなっている。きっと夜のうちに前足を器用に使って食べたんだろうな～。

「……って、和んでる場合じゃない！」

シャワーは1階にしかないが、トイレや洗面所は2階にもあるみたいだ。ササッと身支度を整え、ロックを連れて1階へと下りる。

当たり前だけどキルトさんはもう起きて仕事をしていた。

「おはようございます！　すみません、寝坊しました！」

頭を下げる俺に対して、キルトさんは穏やかな声で語りかけてきた。

「やあ、おはようユートくん。それにロックちゃんも」

「クー！」

「寝坊も何も、今日はまだユートくんに仕事をお願いしてないよね。なら、いつまで寝てたって寝坊じゃないいさ」

「それは……そうなんですか？」

「うん、昨日は大変だったろうからね。眠れるだけ眠って、体を癒《いや》すのも冒険者に必要なことだよ」

「わ、わかりました」

とりあえず失望されていないようで良かった……。

でも、居場所を見つけて気が緩んでいる感じはある。

気を引き締めていかないと、失う時はいつだって突然なんだ。

「そんな肩に力を入れなくてもいいよ。私だって起きてほしい時は起こしに行くし、実は今日も1回だけ様子を見に行ってるんだよ」

「やっぱり、何か俺に用事が……」

「いや、その……ぐっすり寝てるならいいんだけど、これが病気とか死んでるとかになると問題だからね……。あんまり起きて来ない時はマスターキーを使ってこっそり覗きに行くよ。あっ、もちろん変な目的で覗くことはないから安心して！」

「そこは心配してません……！」

まあ、冒険者なんていつ体調が崩れるかわかったもんじゃない職業だ。様子を見に来てくれるというのなら、こんなありがたいことはない。

でも、そう考えると、キルトさんの様子を見に行ける人がいないんだよなぁ～。

俺が女性の部屋を覗くなんてもってのほかだし、女性メンバーがいるとより身近でキルトさんを支えることが出来て、ギルドをさらにスムーズに運営出来るかもしれない。

まっ、ギルドに誘える女性の知り合いなんて俺にはいないんだが……。

「とりあえず、まずは朝ご飯でも……ってもう昼？　いや、もうじき夜？　ちょっとご飯を食べるには中途半端な時間だね」

「こういう日は晩ご飯だけで大丈夫です。食事を抜くことには慣れていますので。それに昨日は少し贅沢し過ぎましたし、ちょうどいい調整です」

「そう？　今日はまあ仕方ないけど、普段はちゃんと食べた方がいいよ。当たり前だけど人間は取り入れた分の栄養しか使えない。体を作るのにも、動かすのにも、すべては食事からだからね」

「肝《きも》に銘《めい》じておきます」

ただ最低限の物を食べてギリギリで生きるみたいな生活は卒業しないといけないな。

働いた分は、昨日みたいに贅沢な食べ物を買って自分に還元《かんげん》する必要がある。

でも、身についた貧乏性はなかなか抜けないんだよなぁ～。

「じゃあ、晩ご飯まで空腹を紛らわすために剣術の訓練なんかはどうかな？」

「剣術の訓練……ですか？」

「といっても、ハードに動いたりはしない。もっとお腹空いちゃうからね。ただ、ユートくんが竜の牙に気に入られた以上、同じ剣の先輩として伝えないといけないことがあるんだ」

「……わかりました。よろしくお願いします」

「よし、訓練所に行こう！」

大体のギルドベースには、メンバーが腕を磨くための訓練所が用意されている。

訓練用の設備が整っているギルドもあれば、ただ単に広いスペースがあるだけのギルドもある。

ちなみに『黒の雷霆』は前者で、『キルトのギルド』は後者だ。

ここは木製の壁でぴっちりと区切られているだけで、設備と呼べる物はほとんどない。

「殺風景だけど、私しかいなかったからね！　物は全然ないんだ」

まあ、それだけ広く空間を使えると考えれば悪くはない。

『黒の雷霆』の訓練所は設備こそ揃っていたけど、あまり利用する人はいなくて無用の長物《ちょうぶつ》と化していたし、いろんな器具だって置物になっていた。

それよりは、設備はなくともキルトさんという信頼出来る実力者にマンツーマンで教えてもらった方が、どんな設備よりもためになると俺は思う。

もちろん、物があるならあるで役に立つんだろうけどね。

「ではまず、あれを見てみて」

キルトさんが、訓練所の壁の近くに立てられた丸太を指さす。

かなり太めの丸太だ……。あれを敵に見立てて斬り掛かると、刃が食い込んで抜けなくなりそうだし、刃こぼれの危険性も高いだろう。

とてもじゃないが、剣術の訓練に使えるとは思えない……。

「ユートくんも、ロックちゃんもそこを動かないように」

「は、はい」

「クー？」

キルトさんは丸太からかなり離れた位置で剣を抜く。

瑠璃色の刃を持つ竜の牙の剣を……！

「……やぁっ！」

残像が見える速度で何度か素振りを行うキルトさん。

流石は竜に喧嘩を売った過去を持つ人……！　準備運動からして本気度が違う！

「まあ、こんな感じかな」

「え？」

キルトさんは剣を鞘に収めてしまった。

そして、再び丸太の方を指さす。

「あっ……！」

あのぶっとい丸太がバラバラに斬り刻まれている……！

まさか剣を振って斬撃を飛ばしたとでも言うのか⁉

「さて、ユートくんとロックちゃんに問題です。今の技のすごいところはどこでしょう？」

そんなの見た通りじゃないのか……？

しかし、キルトさんのいたずらっぽい笑顔は、答えがそんな単純じゃないことを物語っていた。

うーん、頭もあまり良くない俺はこういうのも苦手……。でも、無い知恵絞って考えよう。答えはきっと見えている物の中にある！

「……近くで丸太を見てもいいですか？」

「どうぞどうぞ。もう危なくないからね」

バラバラになった丸太を近くで観察する。

なんて綺麗な切断面なんだ……。

実は最初から切断済みの木材を組み合わせて丸太に見せていただけ……なんてことはないか。

「クー！」

「おっ、何かわかったのか？」

流石にロックがキルトさんの質問を理解しているとは思えないが、一応その行動に注目してみる。

しかし、ロックは丸太にまったく興味を示さず、その後ろにある木製の壁を前足でポンポンと叩いている。

「うーん、やっぱりロックにもわからな……あっ！」

違う、ロックの行動が正解なんだ！

キルトさんの技のすごいところは、斬撃で丸太をバラバラにしたことじゃない。

「どうやら、答えがわかったみたいだね」

「はい、ロックが教えてくれました。丸太はバラバラなのに、そのすぐ後ろの壁にまったく傷がついていない……。それがすごいことなんだって」

「うん、正解！　ぶっちゃけた話をすると、斬撃を飛ばすだけならユートくんもすぐに出来るようになると思うよ。すでに剣に認められ、刃が光を帯びるまでになっているならね」

「本当ですか⁉」

剣を振るだけで遠くの標的を斬り裂くなんてカッコいい技が、俺にも……！

「でも、私はオススメしない。この竜の牙から削り出された剣……竜牙剣《りゅうがけん》は自分が認めた持ち主に対してはとにかく力を与えようとしてくる。それはありがたいことではあるんだけど、同時にとっても危険なことでもある」

「いらぬものまで傷つけてしまう……ということですね」

「その通り。私はそれなりに使い慣れてるから、斬撃だって飛ばす範囲を絞って標的だけを斬ることが出来る。でも、力任せに飛ばした斬撃は薄い木製の壁を突き抜けて、場合によってはお隣さんの家をバラバラにしてしまう。そして、家の中に人がいれば……」

ゾッとする。何気なく振った剣で人が死ぬかもしれないなんて……。

あの技はただカッコいいだけじゃない。それを伝えるための問題だったんだ。

「竜の力は竜の理屈《りくつ》で動く。最強の魔獣である竜はその存在を脅《おびや》かす天敵を持たない。ゆえにその力も奔放《ほんぽう》で抑えが利かない。でも、人間の社会で抑えられない暴力なんて許されないよね？　だから、この剣を持つ者はまず力を抑えることを学ばないといけないんだ」

「竜の力を抑える……」

そういえば、ロックも自分の力を上手く抑えてるなと思うことがある。

生まれてすぐボロ宿のネズミを仕留めた時は、周りに燃え移らないように、吐き出す炎を最小限にしていた。

女の子からパンを貰った時も、本当ならパンをぐしゃぐしゃに潰せる力を持っているのに、そうしないよう器用に掴んで食べていた。

ロックはまだ幼いようで、すでに人間の社会に適応しているんだ。

「なら、そのお手本はロックになりますね」

「クー？」

ロックはきょとんとしている。

きっと意識して力を抑えているんじゃなくて、自然と制御出来ているんだろう。

俺もそうなりたいものだ。

「ふふふっ、ロックちゃんがお手本か！　確かに竜の力の使い方は、本物の竜から習うのが一番かもしれないね！　私もロックちゃんから教えてもらおうかな？」

「クー！」

とりあえず褒められていることはわかっているロックは、翼やしっぽをバタバタさせて喜ぶ。

このかわいさの中に最強魔獣の力が宿っているのだから、すごいとしか言いようがないよなぁ。

「さて、最初に伝えておきたいことは伝えられた。もう1つアドバイスしておくと、竜牙剣を振るう時は目的を明確にすることだ。そうすると余計な力が入らない。ふわふわした気持ちで剣を振ると力が漏れ出して、いらぬものまで傷つける」

「はい！　心に刻んでおきます！」

「よろしい！　ユートくんは傷つけられる人の痛みがわかる子だと思ってるから、あんまり心配してないけどね。きっと自然と使いこなせるようになるよ」

「えへへ……ありがとうございます」

褒められるって嬉しいんだなぁ。一言一言が心に染みる……！

「では、今日の訓練はここまで！　私しか動いてないけど目的は十分に果たした！　この後は晩ご飯を食べて……明日の仕事の話をしようかな」

「明日の仕事……！　何をするんですか？」

晩ご飯の後に話すと言っているのに、思わず聞いてしまった。

でも、キルトさんは普通に質問に答えてくれた。

「ユートくんとロックちゃんには、アルタートゥムの遺跡群に行ってもらおうと思う」

「アルタートゥムの遺跡群？」

「未知の古代文明の遺物が眠っていて、現在の技術では破壊出来ない構造物が数多く残ってる神秘的な場所だよ。そのせいか、そこに棲む魔獣は頑丈な皮膚や殻を持つものが多くってね。それが武器や防具の良い素材になるんだ」

「ふむふむ……。俺たちはそれを採《と》ってくればいいんですね？」

「その通り。ちなみに依頼主は『コーボの工房』さ。人気の工房だけあって普段はいくつものギルドと提携《ていけい》して素材を安定供給してもらってるんだけど、たまにコーボのインスピレーションが爆発して予定より多く素材を使っちゃうことがあってね。そういう時は臨時で素材の採集依頼を出すんだ」

「なるほど……！」

コーボさんは「俺の作業工程はアバウト」って言ってたけど、本当に予定が狂うレベルのアバウトさとは……！

でも、そこを抑え付けたら彼女の才能はしぼむのかもしれない。

「アルタートゥムの遺跡群は、フルシュカスの森と比べて危険度が高い地域ではある。でも、どこかのギルドが定期的に魔獣の討伐や遺物の管理をしてるらしいから、まあ油断しなければ問題ないと思うよ」

「はい！　明日も無事に目的を果たして帰って来ます！」

「クゥー！」

1日休んだから俺とロックのやる気は十分！

それに古代の遺物が眠る場所というのは少年の心がくすぐられるというか、ちょっとワクワクするものがある。

アルタートゥムの遺跡群……明日が楽しみだ！

◇　◇　◇

そして、翌日――

昨日はキルトさんオススメのお店、それも小型なら魔獣同伴可という珍しいところに連れていってもらい、そのままご馳走《ちそう》になっちゃったなぁ～。

中心街の外れにあるお店で、安価なのに量が多くて味も素晴らしい。『黒の雷霆』時代にここを知っておけば、俺の食生活ももう少し華《はな》やかになっていたと思う。そんな隠れた名店だった。

ギルドに帰って来た後は、依頼の詳細や注意事項をあらかじめ教えてもらい、翌日――つまり今日は朝早く……日の出と共にギルドを出ることになった。

アルタートゥムの遺跡群は、フルシュカスの森と距離的には大差ない位置にある。

なので、仕事がスムーズに進めば、夕方にはギルドベースに帰ることが出来るはずだ。

出発のタイミングを早朝にしたのは、まあ1日よく眠ったから次の日は早く起きるだろうなと思ったのと、こちらのルートは昨日向かったフルシュカスの森方面より人気があるからだ。

人気があれば乗合馬車に乗る人も増える。

ロックのためにも混雑は避けたいので、早朝から移動を開始するというわけだ。

想定通り人が少ない早朝の乗合馬車に揺られながら、目指すは古代の遺物が眠る場所。

まあ、発掘調査に向かうわけじゃないから、よくわからない物には触らないつもりだ。

リストに記された魔獣を倒し、その頑丈な表皮《ひょうひ》や殻を回収するだけ。

ただ、そこで気になるのが、俺の竜牙剣で斬ると魔獣が塵になるということ……。

ブラックヴォルフの時は体の硬い部位が残ったから、頑丈な素材を回収する今回の依頼に関しては問題にならないかもしれない。

でも、これから先、柔らかい部位の回収依頼がないとも限らない。

キルトさん曰《いわ》く、竜牙剣自体に魔獣を塵にする性質はないという。

彼女の推測によれば、この現象は俺が過剰に魔獣を恐れるあまり、その存在を完全に抹消しようと強い力を込めた結果発生しているのだろう、とのこと。

冷静に相手を断ち切ることだけを意識すれば、魔獣の肉体も残るはず。

そうすればロックに新鮮な肉をご馳走することが出来る。必要な部位が塵になるかも……と恐れる必要もなくなるんだ。

今回の目標はとにかく冷静になること。そして、魔獣をただシンプルに斬ることだ。

もちろん、依頼をクリアすることは前提としてね。

「……ん？　馬車が止まった？」

戦いのイメージトレーニングをしていると、順調に進んでいた馬車が動かなくなった。

まさか、またギガントロールみたいなのが……！

「すみません！　今日は馬の機嫌が悪いみたいで……！　エサをやったら落ち着くと思いますんで、しばしお待ちください！」

御者が乗客たちに頭を下げる。

とんでもない魔獣に襲われて止まるのに比べたら平和なものだ。急ぎの客はかわいそうだけど、待つしかない。

「クー？」

「大丈夫だよ。流石に今回はロックが引っ張る必要はないからね」

数分後、おそらく機嫌が直ったであろう馬たちのいななきが聞こえて来た。

まあ、これくらいのロスは他の乗客も気にしないだろう。

「どけどけぇ～ッ！　道のど真ん中で邪魔だ邪魔だぁ～ッ！」

突然後ろからやって来た1台の馬車が、猛スピードで横を通り過ぎていった。

舞い上がった砂がこちらの馬車にかかり、馬が不機嫌そうな鳴き声を上げる。

「くっ……魔獣の血が入った馬どもか！　どこの貸し切り馬車だ⁉」

御者は苦々しい顔で走り去った馬車をにらみつける。

あれがどこの貸し切り馬車かって？

それは『黒の雷霆』なんですよね……。

せっかちなメンバーは、魔獣の血が混じった珍しい馬が引っ張る高速馬車を、わざわざ貸し切って移動していると聞く。しかも、馬車にギルドのエンブレム入りの旗まで立てて……。

俺は乗ったことがないが、乗り心地はまあ最悪らしい。

あのスピードだ、揺れもすごそう……。

それでも遅い馬車でジッと待っているのが耐えられない人には素晴らしい乗り物なんだろう。

俺も移動時間を短縮したいという気持ちはわかる。でも、ちょっと危ないよなぁ……。

というか、この街道の先にはアルタートゥムの遺跡群があるんだぞ……。

まさか、また『黒の雷霆』の関係者とばったりなんてこと……ないよな！

流石に2日連続で出会うような腐れ縁はないと思いたい。

このルート上には他にも冒険者がよく行くエリアが点在している。きっと今すれ違った奴らは別の場所に向かってるんだ。

うんうん、そうに違いない！

「クー？」

「大丈夫だよロック。もうじき動き出すからね」

砂をかけられて逆に吹っ切れたのか、馬たちはさっきよりスピードを上げて走り出した。

おかげでぐんぐんと目的地に近づいている。

「さあ、仕事の時間だ」

◇　◇　◇

「ふぅ……。相変わらず魔獣もどきの馬が引っ張る馬車は最悪で……最高だぜ」

ユートの願いもむなしく、『黒の雷霆』より派遣された調査員7名が馬車を降り、アルタートゥムの遺跡群に足を踏み入れていた。

そのリーダーを務める男、エルロコ・トルトゥーラ。

彼は幹部と呼ばれるギルドの主要メンバーの1人であった。

武骨《ぶこつ》に刈り上げられた短い黒髪に鍛え上げられた肉体、そして生まれ持った高身長。その恵まれた体格に肉体強化魔法を付与し、魔獣をも力でねじ伏せるのが彼のスタイル。

人呼んで『黒の巨人』――戦闘能力だけならば幹部の中でも抜きん出た存在だった。

「チッ……これだからお前と馬車には乗りたくないんだよ……」

エルロコと肩を並べる女はマリシャ・スウィンドル。

彼女もまた『黒の雷霆』の幹部である。

薄いブラウンのショートヘアー、土気色《つちけいろ》の肌、気だるそうな目。

そして、いつも自分で細く巻いて作ったオリジナルの葉巻《はまき》を吸っている。

「あーあ、なんか葉巻もシケちゃってるなぁ～！　ちゃんと管理しとけよ……」

「す、すみません……」

何本も作り置きした葉巻は部下に持たせ、求めればいつでも出せるように教育している。

「他のは？」

「ここに……！」

「……あー、これはイケてるわ。いいじゃん、いいじゃん」

「あ、ありがとうございます……」

部下の肩をバンバンと叩くマリシャ。

シケさせると機嫌が悪くなり、ちゃんと管理しておくと少なくとも吸っている間は機嫌が良くなる。

「それにしても、こんな簡単な仕事に幹部を2人も使うことはないだろうに！　お前1人でも十分じゃないのかマリシャ！」

不満を口にするエルロコ。それに対して呆れ顔のマリシャ。

「その話は何回もしたでしょ……？　この依頼はつまらないけど重要案件ではあるんだ。なんせ国から直接委託された仕事だからねぇ～」

「なに？　そうだったか？」

「幹部クラス、つまりB級冒険者2名の参加が必須条件なのさ。流石にウチらも国の要望に背《そむ》くわけにはいかないからねぇ……。こうしてクソみたいな馬車に揺られてまでここにいるんだよ」

「なるほど！　だが、なぜ国は定期調査なんていうつまらん仕事に幹部を参加させたがるんだ？　俺たちはそこら辺の冒険者より高くつくぞ？」

「あんた……全部忘れてるんだね……。まあいいさ、最初から期待してない。でも、他のメンバーのためにもおさらいしといてやるよ」

今回の定期調査にはエルロコとその部下２名、マリシャとその部下２名、そしてギルドマスター・ヘイズの願いで加えられた１名がいる。

「国はアルタートゥムを非常に危険な土地だと考えている。なぜなら、ここは大地を流れる高魔元《こうまげん》素《そ》の溜まり場になっているからさ」

高魔元素――自然界に存在する純粋かつ莫大《ばくだい》な魔力。

それは目に見えず触れられないが確かな流れがあり、その流れは王国中に張《は》り巡《めぐ》らされている。

そして、川の流れの中に湖があるように、流れる高魔元素にも溜まる場所がある。

それがこのアルタートゥムの遺跡群とピッタリ一致しているのだ。

学者の中には、この溜まり場を目当てに古代の文明が築《きず》かれたと唱える者もいる。

実際、取り出すことが出来れば、高魔元素は魔法道具を動かす良いエネルギーになる。

だが、溜まり過ぎた高魔元素は魔獣の成長を促進《そくしん》し、人類にとって脅威となる突然変異種発生の可能性を高める。

そのため、国はアルタートゥムを危険視しているのだ。

「定期調査は、ただ遺跡を見て回る観光じゃない。週に1回、遺跡群の各所に設置されている高魔元素抽出機《ちゅうしゅつき》をチェックし、装填《そうてん》されている魔力バッテリーが満タンになっていれば持ち帰り、持って来た空《から》のバッテリーを代わりに装填する。その作業のついでに、定められた数の魔獣も倒す。オッケー？」

高魔元素抽出機はその名の通り、見えざる高魔元素を取り出し、魔力バッテリーと呼ばれる円柱状の器具に溜め込むための装置である。

これによりアルタートゥムに溜まった高魔元素を減らしつつ、取り出した高魔元素は国のために有効活用することが出来る。

アルタートゥムの定期調査とは、この高度な技術で作られた装置の管理が本質である。

ゆえに国は管理のノウハウを蓄積《ちくせき》するため1つのギルドに継続《けいぞく》して依頼を出し、ギルドの中でも責任ある立場……そうそう辞めることはない幹部クラスの参加を希望しているのだ。

ちなみに高魔元素抽出機を使っても、溜まっている高魔元素を完全にはコントロール出来ず、常に一定量はあふれ出してしまう。

そのため、少しずつ成長を続けている魔獣の討伐も、仕事の一部になっている。

「とはいえ、難しい仕事じゃないよ。バッテリーを交換する、魔獣を倒す、簡単に言えばこれだけの内容さ。それで王国からの報酬と評価が安定して手に入るんだからボロい仕事だよ。いや、仕事どころか幹部が2人もいれば、お前たちにとっては観光と変わらないかもねぇ〜」

部下たちの顔を見るマリシャ。

その視線は調査隊の7人目の方にも向けられた。

「……って、ことだけどお嬢ちゃんはちゃんと聞いてたかな？」

「うぐっ……うぅぉえぇ……っ！　ぐぅ……はぁ……こんな仕打ち……っ！」

調査隊最後の1人の名はシウル・トゥルーデル。

ギルドマスター・ヘイズの恋人である。

彼女は初めて高速馬車に乗ったため、でたらめな揺れに耐え切れず気分を悪くしていた。

乗っている最中は何とか耐えていたものの、早朝にもかかわらず朝食を食べて来たことが災《わざわ》いし、到着早々胃の中身を吐き出してしまった。

「馬車の中で吐いたら走ってる最中でも放り出すつもりだったけど……案外やるじゃない。この調子で最後までついて来なよ。遅れるようなら置いて行くけど」

「お……覚えてなさい……！　私に対してこんなこと……！」

「おー、こわっ！　マスターにチクる気だよこの子！　さっさと口の周りを拭きなさいよ汚い！」

「くぅ……！」

ハンカチで口を拭いてよろよろと立ち上がるシウル。

その背中には大きなリュック……。荷物持ちがいないのにいつもの調子で荷物を持って来た結果、すべてを自分で背負うことになってしまったのだ。

「さぁて、私たちの荷物はこの子に預けるとしましょうかねぇ～！」

マリシャはそう言うと、フックを使ってシウルのリュックに自分の荷物を引っかけた。

急に背中の重みが増し、シウルは危うく倒れそうになる。

「なっ、何するのよ！」

「何って……あんたがやってきたことをやってるだけさ。パーティで一番の雑魚に荷物を持たせる。ほら……えっと、名前は忘れちゃったけど、あんたのツレがクビにした金髪のボケッとした少年みたいにね！」

「な……なんですって⁉」

「この定期調査は普段の装備に加えて、バッテリーも持たないといけないからねぇ。荷物が重くなって仕方ないのさ。だから、一番役に立たないあんたが荷物を持って、少しでも私たちの負担を軽くしてくれないとねぇ～？　それがパーティの連携ってやつだよ！」

マリシャに続いて他のメンバーも続々とシウルに荷物を預けていく。

とうとうシウルはバランスを崩し、尻もちをついてしまった。

「中身を壊したら弁償してもらうから。金が払えない時はマスターにおねだりでもするんだね」

上級ギルド『黒の雷霆』も一枚岩ではない。

大人数が所属する組織にありがちな派閥《はばつ》のようなものが存在している。

誰もがギルドマスター・ヘイズに心酔《しんすい》しているわけではなく、中には反抗的な思想を心の中に隠し持っている者もいる。

エルロコとマリシャは中立的な立場ではあるが、マスターの女という立場を使って威張《いば》り散《ち》らすシウルが前から嫌いだった。

ゆえにヘイズの目の届かない場所では、本心が行動に表れてしまう。

「あんたら、そろそろ行くよ。高魔元素抽出機は遺跡の各所に点在しているんだ。効率良く回らないと日が暮れちまうよ」

マリシャを先頭に調査隊が動き出す。

シウルはそれに置いて行かれないよう、震える脚で必死について行く。

(重い……！　あいつはいつもこんな重い荷物を背負っていたの……⁉)

思い浮かぶのは3日前にギルドをクビになった少年の顔。

そして、こんな仕事について来なければ良かったという後悔の念。

それでもこんな場所で1人にされるわけにはいかないので、足元を見ながら一歩一歩進む。

しかし、ふと顔を上げた時にはマリシャたちの姿は見えなくなっていた。

アルタートゥムの遺跡群はその外縁部《がいえんぶ》が樹海《じゅかい》に呑み込まれつつある。

そのため視界を遮《さえぎ》る物が多く、非常に迷いやすい。

「ちょっと！　みんなどこ行ったのよ⁉」

呼びかけても返事はない。

シウルが道を外れてしまったのか、仲間が彼女を置いて行ったのか、それすらもわからない。遺跡群の地図などシウルは持っていないし、頭の中にも入ってはいない。さらに彼女にはこのエリアの魔獣と戦う力もない。

重い荷物を持ち汗ばんでいた赤い顔が、みるみる青ざめていく。

「いるんでしょ⁉　私が嫌いだからってここまでしなくてもいいじゃない！」

返事はない。だが、何かの気配は感じる……。

「こうなったら1人で何とかしてやる……！　帰ったら全部ヘイズに話してやるんだから……！」

強気な言葉とは裏腹に、不安を顔ににじませ、シウルは当てもなく歩き出す。

それを少し離れた位置から観察しているのはマリシャの部下だ。

「このままだと1人でどっか行っちゃいますよ」

「ふーん、その場にへたり込んで動かなくなると思ってたけど、変なところで根性あるじゃん。こりゃ観察するのも面倒になったねぇ～」

マリシャたちはわざと物陰に隠れ、パニックになるシウルを見ようとしていた。

定期調査中に死亡者が出ればギルドの評判は下がるし、国からも不信感を持たれかねない。

ゆえに彼女たちは最初から、シウルを完全に放置する気はさらさらなかった。

「おい！　そんなことしてたら本当に日が暮れちまうぜ！　そろそろ許してやったらどうだ？」

エルロコの言葉にマリシャはニヤリと笑う。

「へ～、意外とあの女の肩を持つじゃん。男に対しては人一倍厳しいあんたがねぇ……。やっぱり、美人には弱いってわけだ」

「そうだ！　男は顔が良くて腰が引き締まってて……乳も尻もデカい女に弱い！」

「悪かったね、こっちは板切れみたいな体でさ」

「俺はお前みたいな体型でもいいぞ！　というか、それなりの女なら何でもいい！」

「チッ……猿《さる》がよ……。二手に分かれて動こうじゃないか。お前らは奥の方に行って来い！」

「いいぜ！　奥の方が強い魔獣が出るからよ！　このまま待ちぼうけじゃあ、体がなまってしょうがないからな！」

エルロコは2人の部下を連れ、遺跡群の奥地に向かった。

マリシャはふらふらと動き始めたシウルを追って進む。

「ふふっ……。まあ、私も人の趣味をとやかく言えないか……。ああいうお高くとまった女が、プライドを粉々に砕かれておとなしくなるのを見るのがたまらなく好きだからね……！　素直で従順になったら、私のそばに置いてやらんでもないよ」

シウルの足はしばらくして止まった。

鍛えられていない体が荷物の重さに耐え切れなくなったのだ。

「まっ、そろそろ潮時《しおどき》だね。こんだけビビらせれば少しはおとなしくなるだろうさ。後はあいつを連れて普通に仕事を……」

そこまで言いかけたところで、マリシャは何かの気配を感じて物陰に隠れる。

部下たちもそれに倣《なら》い気配を殺す。

すると、少し先の木陰から銀色の体毛を持つ獅子《しし》が現れた。

それも1頭や2頭ではない……。

「おやおや、アルターレオかい……！　つがいで行動することはあっても群れでは行動しない魔獣と聞いていたけど、ありゃ普通に群れだね。5……6頭はいるか」

「どうするんです？　マリシャさん」

「逃げるに決まってるだろ。アルターレオはここに出る魔獣の中でも上位の強さだ。それがこちらの人数の倍出て来た。逃げる以外の選択肢はないよ」

「あの女の方は……」

「ちょっとかわいそうだけど、囮になってもらうか。どうせ4人で行動しても誰かしらは死ぬ戦力差だ。国のお偉いさんも許してくれるだろうよ。悪く思わないでくれ、見てくれだけのお嬢さん」

マリシャたちは迅速《じんそく》にその場から離れた。

アルターレオの群れは匂いと気配をたどってシウルを発見すると、6頭でその周りを取り囲んだ。

「ひっ……！　アルターレオの群れがどうして……!?」

魔獣の知識がそれなりにあるシウルだからこそ、この絶望的状況がよく理解出来た。

アルターレオはユートが戦ったブラックヴォルフより危険度は低いが、それが6頭で連携を取って来るとなると、調査隊７名全員で挑んでも重傷者が出るレベルだ。

それが戦闘能力の低い自分１人となると……生きたまますべての肉を食い荒らされるのが目に見えている。

「こ、来ないで……っ！　いや……まだ死にたくない……っ！」

すでに取り囲まれ、逃げ場がない。

シウルは立ち上がることも出来ず、ただじりじりと近寄って来るアルターレオを見ているだけだ。

そして、最初の１頭がシウルに飛び掛かろうとしたその時……。

「クー！」

紅色のウロコを持つトカゲのような魔獣が現れ、アルターレオの横腹に頭突きを仕掛けた。

その衝撃はすさまじく、体重５００キログラムはあるとされるアルターレオを簡単に吹っ飛ばした。

群れの注目は突然現れた魔獣に集まる。

しかし、腹を空かせた個体が、１頭だけお構いなしにシウルに食いかかろうとする。

「ひぃぃ……！」

目を固くつむるシウル。

だが、魔獣の牙が彼女に届くことはなかった。

再び目を開けた時、アルターレオは塵と化していた。

「……失敗した。肉を残すつもりだったのに、普通に塵にしてしまった。まだまだ俺の中に魔獣への恐れがあるってことか」

金色の髪と青い瞳を持つ、まだあどけなさを残した少年。

シウルはその顔に見覚えがあった。

「ユート……！」

少年は返事をせず、まだ４頭残っているアルターレオに光り輝く刃を向ける。

「ロックは彼女を守れ、残りは俺がやる」

「クー！」

「さて、今度こそロックに朝ご飯を用意してやれるかな……！」

◇　◇　◇

残るアルターレオは４頭。そのうち１頭が正面から俺に飛び掛かって来た。

でも、このパターンはブラックヴォルフで経験済みだ。

竜牙剣を握る手に力を込め、真正面からアルターレオの体を真っ二つに斬り裂く！

そして、その体は……またも塵になってしまった。

くぅ……やはり向こうから襲い掛かって来ると、身を守りたいという意識が強く出てしまう。

こちらから仕掛ければ、少しは心に余裕が生まれるはず！

残り3頭となったアルターレオ。

その中の1頭に斬り掛かってみるも、見事に回避されてしまった。

やはり魔獣の身体能力は高い……。

こちらから攻撃しようとすると簡単に逃げられてしまう。

「クアァァァァァァッ!!」

ロックが口から炎を吐き、アルターレオを俺の方へと追い込む。

これなら狙いやすい！

「ありがとうロック！」

ズバッと一閃《いっせん》！　斬り裂かれたアルターレオの肉体は、塵にならずその場に残った。

「よし！　ついに力を制御することが出来た！」

「危ない！　後ろ！」

女性……確か名前はシウル・トゥルーデルさんだったかな。

彼女の叫びがこだまする。

「大丈夫、わかってますよ」

背後から襲い掛かって来たアルターレオを、振り向きざまに斬り伏せる。

こっちも塵にはならない！　残るは1頭……！

「クアァァァァァーーーーーッ!!」

ロックが激しい炎を吐き出し、シウルさんに迫っていた最後の1頭を丸焼きにした。

「助かったよロック。流石にこれだけの魔獣を1人で相手にするのは無謀《むぼう》だったね」

「クー！」

「ああ、肉が残ってるのは食べていいぞ」

ロックは待ってましたと言わんばかりに、アルターレオの肉にがっつく。

6頭中4頭の肉が残っているなら、朝ご飯には十分過ぎるだろう。

最初にロックが頭突きで吹っ飛ばした1頭は、崩れた遺跡の柱に背中をぶつけて死んでいた。

ただの頭突きであの威力なんだから、普段のロックは相当力を抑えて生きてるんだなぁ。

「さて……怪我はありませんか？」

未だ立ち上がれずに震えているシウルさんに語りかける。

「どうして……どうして私を助けたの？　だって、私はあんたに……」

「確かにあなたとの良い思い出は1つもありません。でも、だからといって生きたまま魔獣に食い殺されろとは思わないし、それを見過ごそうとも思わない。ただ、それだけですよ」

たとえ襲われているのがヘイズでも助けるだろうな。

俺はそこまで恨みの感情に支配されてはいない。

惨《むご》たらしい死を見ないふりして、後味の悪い日々を送ろうとも思わない。

そして何より、今の俺には あの状況でも人を助けられる力があるんだ。

自分を認めてくれたロックやキルトさんから受け取った力を、自分のためだけに使うわけにはいかない。

「ところでパーティのメンバーが見当たりませんが、はぐれてしまったんですか？」

「……置いてかれちゃったの」

「え？」

「置いてかれちゃったのよ！　荷物全部持たされて……重くて追いつけなくて……。でも、それは私もあんたにやらせてたことだから……仕方なくって……！」

「なるほど。やはり俺がいなくなったら、他の人がその役を……」

「あの……今更だと思われるかもしれないけど……ごめんなさい！　あんたに酷いことしてたんだ……私たち……」

「それがわかったなら、もう他の人に同じことをしないでください。俺は心機一転《しんきいってん》、他のギルドで働いてますんで、そこまで気にしてませんけどね」

まあ、シウルさんとはそこまで付き合いが長くないからな。

嫌なことは結構言われたけど、積み重ねがない分あっさり許せるところがある。

でも、同じようにヘイズも許せと言われたら、ちょっと困っちゃうところはある。

あいつはすべてにおいて主犯格だからな。

「ねぇ……助けてくれない？　私1人じゃ王都まで帰れない……。その前に魔獣に食い殺されちゃう……。お願い、置いて行かないで！　生きて帰れたら、私のこと好きにしてもいいからさ！」

そう言うとシウルさんは、ガバッと俺の体に抱き着いて来た。

「まだ死にたくない……！　靴《くつ》でも汗でも舐めますから……！」

「女の人が簡単にそういうこと言っちゃダメです！　助けてほしいなら、素直にそう言えばいいんですよ。俺は冒険者です。すべての人を救うことは出来なくても、助けられる人は助けます。そのためにこの仕事をやってるんです！」

「あ……お願いします。助けてください！」

「わかりました。王都までお送りしますよ」

「ありがとう……！」

シウルさんの顔がパアッと明るくなる。

さっきまでの媚《こ》びるような目つきより、こっちの方が断然いい。

俺だって男だから、抱き着かれて胸を押し付けられたらドキッとするさ。

でも、それを見返りに人を守るのは……カッコつけた言い方だけど、美学に反する！

「俺たちにも仕事がありますんで、そっちを済ませた後に送ることになります。大怪我をしてるなら即座に送りましたけど、見たところ元気そうなので」

「うん！　それで問題ないわ！」

……素直だとかわいいな。

『黒の雷霆』にいた時はいつも目を吊り上げて口を尖らせていたから、見た目が整っている割に魅力的には見えなかった。

助けてもらう今だけ見せる表情かもしれないけど、いつもこんな笑顔でいてくれたら周りの人も幸せになれそうだ。

「クー！　クー！」

「そうだなロック。俺たちの仕事を進めないとな。アルタータートルの甲羅《こうら》、レアメタルクラブの殻、アルターレオの牙と爪……って、ちょうど倒したところじゃないか！」

そこら中に散らばっている牙と爪を集めてリュックに入れる。

ロックも自分が食べたアルターレオから牙と爪を咥えて持って来てくれた。

「ありがとうロック。さあ、次の標的を探しに行こうか！」

「クー！」

やることは増えたが、見捨てる選択肢はない。俺は冒険者だからな。

それはそうとして、シウルさんを置いて行ったメンバーは今頃何をしてるんだろう？

◇　◇　◇

その頃のエルロコのパーティは——

「うーむ、このバッテリーは取り換える必要がないな」

遺跡群の奥地を回り、設置されている高魔元素抽出機をチェックして回っていた。

古代の技術を解析して作られた最新の魔法道具である抽出機は、魔獣による破壊を防ぐため普段は魔力のバリアを展開している。

このバリアの展開には莫大な魔力が必要だが、遺跡群の中を流れる高魔元素を蓄《たくわ》える抽出機なら魔力の枯渇《こかつ》を心配する必要はない。

「エルロコさん、なぜここのバッテリーにはあまり高魔元素が溜まっていなかったんですか？」

部下の質問にエルロコは一瞬「？」を浮かべるが、すぐに以前マリシャから聞いた話を思い出し、説明を始めた。

「川を流れる水にも時期によって多い少ないがあるだろ？　それと一緒で、高魔元素にも多く流れる時期と、流れが弱くなる時期があるんだってよ。今週は流れが弱い時期だったんだろうさ」

「なるほど……。ありがとうございます」

「まっ、何でも俺に聞いてくれや」

偶然覚えていたことをうまく説明出来て得意げなエルロコ。

実際、彼の説明に間違いはない。

高魔元素は枯れることはなくとも、流れが一時的に弱くなることはある。その時期は、抽出機に複数装填されているバッテリーのうち数本は空っぽのままになっている。

それを取り換える必要はないのだ。

「さて、別のポイントに行くとしようぜ」

「えっ、確かこのポイント周辺にはあと3つ抽出機があるはずでは？」

部下の1人が地図とにらめっこしながら言う。

エルロコは得意げに笑いながら再び説明する。

「お前はこの定期調査は初めてだったな」

「はい……」

「なら教えてやろう。このポイントにある4つの抽出機は連動しているのだ。まずはここにある抽出機に高魔元素が溜まり、いっぱいになったら他の抽出機へと流れていく。だから、ここのバッテリーに空きがあるなら、残りの抽出機は全部空っぽなのさ」

「そうなのですね。でも、一応マニュアルにはすべての抽出機をチェックしろと……」

「まあまあ、その気持ちはわかるぜ？　でも、そんなことしてたら日が落ちるまでに帰れねぇ。連動していると言っても抽出機は距離を置いて設置してあるから、全部チェックすると時間が倍以上かかる。それに今日は特に魔獣との遭遇が多くてチェックが遅れてるんだぜ？」

「それは……まあ」

「上手く手を抜くのも仕事の内だ。ここは毎週調査に来てるし、時間に余裕がある前の担当がきっとチェックしてくれてるさ。抽出機も1週間見ないくらいじゃ壊れないはずだろ？　魔法技術の粋《すい》を集めたバリアに守られてるんだからな！」

「うむむ……そうですね。確かに今日は時間がありませんし、次の担当の人がチェックしてくれるかもしれないですし……」

「だろ？　抽出機はまだまだ散らばってるんだ。サクサク仕事していこうぜ！」

エルロコのパーティは次なるポイントに向けて歩き出す。

ただ、今回のエルロコの説明には間違いがあった。

遺跡群の各地に散らばる抽出機がいくつかのグループを作り、連動しているのは確かだが、それは順番に高魔元素を溜めるためではない。

1つの抽出機に過剰に高魔元素が溜まり過ぎた際、不具合を起こさないよう他の装置へと高魔元素を逃がすために連動しているのだ。

少し前までは、高魔元素の流れがエルロコたちのチェックした抽出機の近くに出来ており、他の3つの抽出機の近くには流れていなかった。

そのため、この1つの装置をチェックして、満タンだったら奥の装置もチェックするという方法で十分管理が出来ていた。

しかし、川の形が大地の変化で変わるように、高魔元素の流れも前触れなく変わる。

1か月ほど前から、高魔元素は徐々に奥の3つの抽出機の近くを流れるように変化していた。

そして、その3つに装填されたバッテリーはすでに満タンであり、残る1つの抽出機にも魔力が流れ込みつつある状況なのだ。

普段からすべての抽出機をチェックしていればすぐに気づける変化なのだが、『黒の雷霆』のメンバーは作業効率を優先するあまり、この1か月、変化を見逃し続けてきた。

今、アルタートゥムの遺跡群にはかつてないほどの高魔元素が溜まりつつある——

エルロコもマリシャも部下たちも、そのことをまったく認識していない。

「それにしても、ここには不気味な像がたくさんありますね……」

初めてアルタートゥムにやって来た部下が言う。

「魔鋼兵《まこうへい》のことか？　こいつらはただの像じゃなくって、かつては高魔元素をエネルギーに動き回ってたって言うぜ。まあ、それも遥か昔のことだ。今となってはどれも苔《こけ》むして動くはずはねぇよ。安心しな！」

「あ、あはは……こんなのが動いたら俺、失神しちゃいますよ……」

壊れ、朽《く》ち果《は》て、自然と一体になりつつある不気味な像。

部下たちは像に見られているような感覚を覚えつつ、エルロコの後ろをついて回る。

◇　◇　◇

一方、マリシャのパーティも抽出機のチェックを進めていた。

エルロコたちと同じ方法で……。

「うっし！　ここもチェック完了だよ。アルターレオを見かけて以降、他の魔獣には全然出会わないから楽なもんだね」

「シウルは……死んじゃったんでしょうか」

部下の1人がそう漏らした後、失言だと思い自らの手で口を塞《ふさ》ぐ。

それに対してマリシャはドライに答える。

「運が良ければ生きてるだろうさ。この世は割と運次第……。生きるも死ぬも偶然だよ。まっ、あの子にバッテリー以外の荷物を持たせた私たちは食料も何もないから、早く仕事を終わらせて王都にトンボ返りしなくちゃならないことだけは確かだけどね」

マリシャたちも作業を急ぐ。日没までには帰れるように……。

◇　◇　◇

俺とシウルさんは行動を開始していた。

「ここからだと、水場に生息するレアメタルクラブが一番狙いやすいかな」

地図とリストを見つつ、倒すべき魔獣に狙いを定める。

アルタートゥムの遺跡群はとっても広い。考えなしに歩いていては日が暮れてしまう。

「よし、行きましょうシウルさん」

「ちょ、ちょっと待って！」

「なんです？」

「どうしてあんたが私たちの荷物を背負ってるのよ！」

「……あ、これですか」

体に染みついたクセというか、なんというか……。

俺は元々シウルさんが背負っていた大きな荷物を、無意識に背負っていた。

「でも、置いて行くわけにはいかないでしょ？　この中には新品の救急セットや食料が入っているはずです。それをすべて捨ててしまうのは、あまりにももったいない」

「それはそうだけど……。私が背負えばいいじゃない！」

「気持ちはありがたいですけど、それは無理だと思います。重い荷物を背負いながら動くというのは簡単なことじゃありません。ここは魔獣の出る地域ですから、なおさら俺のように慣れた人間じゃなきゃ危険過ぎますよ」

それに今回の荷物は俺にとってそこまで重い物じゃない。

日帰りを想定して用意された荷物は少なくて軽いんだ。

ただし、普通の人は十分重いと感じるだろう。

特に、肉付きは良くても筋肉の少ないシウルさんにこの重量は酷《こく》だ。

「俺ならこの荷物を背負った状態で走れますし、剣も振れますからね」

ちょっと走ったり、剣を振ったりしてみる。

鍛えた体をアピールしたつもりだったけど、シウルさんはドン引きといった表情だ……。

「い、異常だわ……。なんかさらに申し訳ない気持ちになってきた……。こんなになるまで重い荷物を持たされてきたのね……」

変な形で同情されてる……！

「じゃあ、俺のリュックを代わりに持ってくれませんか？　戦利品をどんどん入れていくので、こっちもそのうち重くなるとは思いますが……」

「ええ！　これくらい持たせてもらうわ！」

よし、これでやっと前に進めるようになったかな。

「クー！　クー！」

「待たせてごめんなロック。お腹いっぱいになったから、今度は体を動かしたいよな」

「クー！」

この遺跡群に足を踏み入れてから、ロックがさらに元気になった気がする。とても上機嫌で、力があり余っているという感じだ。

何か良いことがあったのか、ここの環境がドラゴンにとって最適なものだからなのか。

理由はわからないけど、まあ元気ならオッケーだ。

「あんたがドラゴンの子を連れてるってウワサ……本当だったんだ」

木々に呑まれつつある遺跡の中を移動している最中、シウルさんがそうつぶやいた。

「ええ、シウルさんと一緒に回収した卵から生まれたんですよ」

「あのロックバード……じゃなくてイワトカゲだった卵から!?」

「はい。あの卵はロックバードでもイワトカゲでもなく、ドラゴンの卵だったんですよ。なぜあんなところにドラゴンの卵があったのかは、今でもわかりませんけどね」

「ギルドから追い出されてすぐに生まれたってことよね？　あの変人貴族もヘイズも、もう少し気の長い性格だったら竜の親になれたってわけね……」

「そこら辺は紙一重《かみひとえ》と言うか、偶然の積み重ねですかね」

「私は珍しい魔獣が好きだから、卵についても少しは知識がある。あの時もロックバードの卵じゃないかもとは思ってたけど、言い出せなかったわ。確証はなかったし……」

「俺は言っちゃいましたね。まあ同じく確証はなかったですけど……」

「それでもパーティのリーダーに意見出来るあなたがすごいのよ。普通はみんな黙って従うものよ」

「振り返ってみれば、下っ端なのになかなか偉そうなことを言ったかなとも思います。でも、間違いだとはまったく思ってません。結果としてロックと出会えましたから」

「クー！」

「ふーん、ロックちゃんねぇ……」

シウルさんは立ち止まり、その場にしゃがみこんだ。

そして、ロックに向けてこう呼びかけた。

「おいで～、ロックちゃ～ん！」

赤ん坊をあやすような猫なで声の呼びかけに対して、ロックは立ち止まり振り返る。

しかし、すぐにプイッと顔を背けて歩き出してしまった。

「わ、私の呼びかけを無視するなんて……！」

「あはは、ロックがああいう態度をとるのは珍しいですね。基本的に誰に対しても人懐っこい子なんですけど」

「信じられない……！　男にも女にも、動物にも魔獣にも、無視されたことなんてないのに！

くっ、悔しいぃぃぃ～！」

想像以上の悔しさをにじませるシウルさん。

この美貌《びぼう》を無視する生物はそういないんだろうけど、ドラゴンには通用しなかったというわけだ。

「こうなったらアレを使うわ……！　ユート、少し止まって！」

「な、何をするんですか……？」

シウルさんは自分のリュックをごそごそと漁《あさ》り、中から美味しそうな干し肉を取り出した。

「ほら～、ロックちゃ～ん。美味しい美味しい高級干し肉だよ～」

食べ物で釣《つ》る気か……！

でも、ロックがそんな安っぽい手に……。

「ク……ア……クゥ……！」

釣られかけている……！　よだれを垂《た》らして干し肉をガン見している……！

ドラゴンは雑食だが、やっぱりお肉が一番好きなんだ……！

「クゥ……クゥ……クゥッ！」

それでもロックはそっぽを向いて歩き出してしまった。

「な、なぜ……。私ってそんなに魅力がないかしら……」

本当に珍しいな。ロックがあんな態度をとるなんて。

キルトさんにもすぐ懐いたし、馬車の女の子にも優しい対応をしていた。いろんな人から食べ物を貰った時も警戒せず普通に食べていた。それなのに今回は明確に拒絶したように見える。

何かロックの気に障《さわ》るようなことをしたとは思えないし、シウルさんとは初対面のはず……。

いがみ合うような因縁《いんねん》もないと思うんだがなぁ。

いや、そういえば卵の時に彼女と出会っているんだったな。

まさか、その時の記憶がうっすらとあるとか？

まあ、どちらにせよ戦いの時はシウルさんを守ってくれた。

ロックは私情と仕事は切り分けて考えられるドラゴンなんだ。

実際、ロックはその後も攻めに守りに大いに活躍し、アルタートゥムの頑丈な体を持つ魔獣たちを次々と粉砕していった。

おかげで俺は荷物を背負ったままでも十分戦うことが出来た。

『黒の雷霆』時代の俺は、戦闘になったらとにかく荷物をやられないように立ち回るのが役目で、魔獣と戦うことはほとんどなかった。

だから、実のところ荷物を背負いながらの戦いには慣れていない。

新しい物品を無駄にしたくないという貧乏性と、かつて自分を馬鹿にしていた人にカッコいいところを見せたいという強がりが、今の俺に荷物を背負わせているというわけだ！

「ふぅ……。あらかた片付いたかな」

今日の仕事は順調も順調。スムーズに必要な素材を回収出来ている。

残りはあと4、5個といったところか……。

「すごい……。本当に荷物を背負いながら戦えるのね！」

「ええ、まあ！」

流石に連戦となると荷物の重さでしんどいけど、これも良い修業だ。

でも、戦っているうちに、この重い荷物の中身が純粋に気になってきた。

「いつもたくさん荷物を持って来てますけど、中身は何なんですか？」

「……画材よ。仕事中に見つけた珍しい魔獣を描くためのね」

「え、そうだったんですか？」

シウルさんが珍しい魔獣に興味があるのは知っていた。

でなければ、死にかねないロックバードの卵の採取なんかについて来ないもんな。

でも、さらに魔獣の姿を描くことまで考えているとは思わなかった。

なぜなら、彼女がその画材を広げているところを見たことがないから……。

「数年前に死んだお父さんが魔獣学者でね。魔獣図鑑を作るために各地で魔獣の姿を描いて回っていたのよ。それで私はその後を引き継いで図鑑を書き続けるのが夢なんだけど……なかなか筆が進まなくなっちゃってさ。ずっと無駄な荷物を背負わせてごめんね。もう持って来ないようにするわ。自分の夢を背負えない人間に夢を追う資格はないから……」

「事前に用途を考えて持って来た荷物は無駄じゃありませんよ。その時、上手く活用出来なかったとしても……。それに俺としては嫌がらせで重い物を持たされていたんじゃなくて、誰かの夢を背負っていたと思う方がちょっとは救われます。もちろん、荷物はなるべく自分で背負える量にするべきだとは思いますけどね」

「ユート……お人好しね、あなたって」

「あんまり自覚はないですけどね」

シウルさんと再会するというイレギュラーな出来事はあったけど、今まで知らなかった彼女の一面を知ることが出来たのは良かったのかも。

それに依頼の方は普通にクリア出来そうだし……と思った矢先、俺たちは謎の物体を発見した。

半透明の薄い膜に守られた機械。それは朽ち果てた遺跡と違い、明らかに現代の品だ。

ところどころピカピカと光り輝き、点滅《てんめつ》しているランプもある。

「これは……注意事項の紙に書かれていた高魔元素抽出機か？」

キルトさんから直接話も聞いている装置。

大地を流れる高魔元素というものを抽出してバッテリーに溜め込むための機械で、溜め込まれた高魔元素はエネルギーとして国のために役立てられるらしい。

「そうよ。私たちのパーティはこれの……えっと、バッテリーを入れ替えるために来たんだったかな？　パーティにねじ込んでもらっただけだから、詳しくは知らないのよね」

俺も今回の仕事とは関係ないので、抽出機について細かい説明は受けていない。

だが、渡された注意事項の紙にはキルトさんの文字でこう書かれていた。

《抽出機のランプの点滅はバッテリー満タンのサイン！　この場合、高魔元素が周囲にあふれ出している可能性アリ！》

高魔元素は魔獣を活性化させる……。

そういえば、ここに来てからロックがずっと元気だよな……。

「何だか猛烈に嫌な予感がしてきた……！」

「でも、エルロコたちはこのバッテリーを交換するために動いているはずよ。ここはまだ交換が済んでないだけじゃ……」

ドオォォォォォォーーーーーーンッ!!


突然の爆音、揺れる大地、遠くに立ち上る黒煙……。

まったく状況が理解出来ないが、とりあえず嫌な予感が当たったことだけは確かだと思う。

「シウルさん、あの黒煙の場所に行ってみようと思うんですが……」

「……仕方ないわ。私たちは冒険者だもの」

急いで爆発が起こったと思われる煙の下へ向かう。

そして俺たちが見つけたのは小さなクレーター、焼け焦げた大型魔獣の死骸、バラバラになった人型の像だった。

「ここで何かが爆発して、魔獣と像が巻き込まれたって感じですかね……」

「この死骸って……アルターレオじゃない？　それもかなり大きく成長した個体……。周りに抜け落ちた銀色のたてがみが散らばってるってことは……」

「キングアルターレオ……！」

その名の通り、アルターレオの王たる存在。

一種の突然変異種で、オスのアルターレオが異常に成長した姿だ。

基本的に群れで行動しないアルターレオも、キングとなる個体が現れた時は複数の群れが発生し、王を中心とした生活を開始する。

これでシウルさんが複数のアルターレオに襲われた謎は解けたけど、問題は危険度B級に入る魔獣を一発で炭にした爆発の正体だ。

偶発的に起こる自然現象だったとしたら、もうこの遺跡群は立ち入り禁止レベルだが……。

「クー！　クー！」

「ロック、何か気づいたか？」

ロックはバラバラになった像の方に注目していた。

手足の長いスリムな人型の像で、その頭には丸くて大きな1つ目がある。

とはいえ、今となっては朽ち果て、さらに爆発にも巻き込まれて無残な状態に……。

「ク～！」

ロックが像の手のひらに注目している。

短い筒のような物がせり出していて、そこから細い煙が立ち上っているようだ。どうも爆発で焦げたことによる煙とは違う雰囲気がある。

「まさか、この筒から何らかの攻撃が放たれて、爆発を引き起こした……とか？」

今度はキングアルターレオの死骸を再確認。

全身が黒く焦げているが、胸のあたりにぽっかり穴が開いていることがわかった。

これは明らかに攻撃を受けた痕跡《こんせき》……！

「つまり、爆発にレオと像が運悪く巻き込まれたんじゃなくて、像の攻撃によってレオが焼かれたということ……。そして、像の方は自身の攻撃の反動でバラバラになった……？」

元々全身ボロボロの像だ。

キングアルターレオを一撃で仕留めるような攻撃の反動に耐えられないのはわかる。

でも、一番の疑問は「本当に像は動いたのか？」ということ。

これも古代の遺物なら、遥か昔に機能を停止して、遺跡の残骸の一部となっているはずじゃ……。

「ねえ、ユート……。私たち、この場を離れた方がいいんじゃないかしら……？　何だか身の毛がよだつような嫌な感覚があるわ……」

「俺も嫌な予感はしてます。満タンになった高魔元素抽出機、動き出した像……。とても無関係とは思えません。ここは撤退して、もっと上の立場の人に判断を仰《あお》いだ方がいいのかも……」

ドオォォォォォーーーーーーンッ!!

再び突然の爆音、揺れる大地、遠くに立ち上る黒煙……。

それに加えて今回は誰かの悲鳴のようなものも聞こえる！

「きっと私のパーティだわ……！」

「行きましょう！」

この像は何かと戦うために作られた物なんだろう。

その仕組みはまったく不明で、今は失われた未知の技術が使われている。

正直、逃げるのが正解だとは思う。

今回の依頼に人命救助は含まれていないし、これだけ未知の存在が相手なら逃げ出す言い訳には十分過ぎる。

それに像が動き出した原因には『黒の雷霆』が関係している気がする。

自業自得《じごうじとく》と突き放すことは簡単だけど……やっぱ丸焦げになって殺されるのはかわいそうだ。

「やるぞ、ロック！」

「クー！」

黒煙を目印にやって来た場所には、やはり像がいた。

それもさっきとは違い、今この瞬間も動いている……！

全身に苔が生え、左腕を欠損しているが両脚と右腕は健在。そして、像の右の手のひらは、怯えるパーティの面々に向けられている。

「やはり、あれが武器なのか……！」

像の右手がまばゆく輝く！　マズい、発射される……！

「クー！」

その時、ロックの頭突きが像の膝裏に命中！

カクンと膝が折れ曲がってバランスを崩した像の右手は上を向き、そこから放たれた光線は上空の雲を貫《つらぬ》いて消えた。

「ありがとうロック！　間一髪《かんいっぱつ》だ……！」

「クアァァァァァーーーーーーッ!!」

ロックは攻撃の手を緩めず、激しい炎を像に吹きかける。

しかし、像は炎の中からむくりと立ち上がった。

表面の苔が焼けて剥《は》がれ、その下にあった鈍く輝く金属の装甲《そうこう》が露《あら》わになる。

ちょっとカッコいいなと思ってしまうけど、ロックの炎にも耐える敵が現れたと考えれば、冗談を言える状況ではないだろう。

「無事ですか？　エルロコさん、マリシャさん」

「「ユート……！」」

2人は声を揃えて驚く。

来ていた幹部というのはこの人たちだったか。

この2人はそこまでヘイズに忠誠心があるわけではなく、ギルドに愛着があるわけでもない。

裏を返せば、いざとなれば他のギルドでもやっていける自信があるということ。

幹部の中でも戦闘能力は高い方と記憶していたが、その2人でもおそらくこの像には歯が立たなかったんだ。

今までに見たことがないほど不安そうな2人の顔を見れば察することが出来る。

「今は余裕がないので手短に言います。すべての抽出機をチェックして満タンになってる物をどうにかしてください。そうすれば、この事態も落ち着く気がします。もちろん、俺には詳しいことはわかりませんけどね」

「わ、わかった……！　今すぐやる……！」

顔を青くするエルロコさんに俺はうなずく。

「他にも動く像があるかもしれません。気をつけて」

流石に複数動き出したら俺にはどうにも出来ない。

冒険者として与えられた仕事を、命を懸けてまっとうしてもらうのみだ。

「あんたはどうするんだい、ユート……！」

マリシャさんは険しい目でこちらを見る。

「とりあえず、目の前の奴を何とかします」

「何とかって……魔鋼兵に剣なんて通用しないよ！　それに魔法だって……！」

「大丈夫、俺たちには竜の力があります」

まあ、竜の力が通用するという確証もないんだけど！

それでも言わせてもらおうじゃないか、確証もなく偉そうなことを！

「久しぶりに動き出したところ悪いが……ガラクタに戻ってもらう！」

この像……マリシャさんは魔鋼兵と呼んでいたな。

全長は2~3メートルってところか。

並の人間よりは大きいが、巨人というほどじゃない。

手から放たれる光線に気をつけつつ、この竜牙剣の刃を通すことが出来れば……!

「ギ……ギギギ……!」

魔鋼兵がぐるりと頭を回す。

攻撃が来るか……と思いきや、魔鋼兵はバックステップで後ろへと引き下がった。

「案外器用な動きをする……! 今のうちに皆さんは抽出機の方に!」

調査隊の面々を急がせ、再び魔鋼兵に向き直る。

魔鋼兵は朽ちて地面に転がっている他の魔鋼兵の残骸を漁り、その中から比較的綺麗な左腕を見つけ出すと、それをガシンッと自身の肩に接続した。

「パーツは魔鋼兵同士で共有出来るのか……!」

これで左腕が復活し、両手から光線を放てるようになった。

攻撃の密度は単純に2倍……!

「上手く回避しながら懐に潜り込めるか……?」

ロックと俺で挟み撃ちにしても、魔鋼兵は両手を使って両方を狙える。

直撃したら即死の攻撃を回避しつつ攻撃方法も考えるのは、なかなかにハードだ!

「私が囮になればいいんでしょ？」

「えっ、シウルさん⁉　どうしてここに⁉　あっちのパーティについて行ったんじゃ……！」

「何言ってんの。私はあいつらに見捨てられたのよ？　もう一度あいつらと組むくらいなら、私はユートと一緒に戦うわ。たとえ目の前にヤバい敵がいてもね」

「……何かあっても責任は取れませんよ」

「上等！　まだ私はそこまで落ちぶれちゃいないわ！」

俺、ロック、シウルさんで3方向に分かれる。

魔鋼兵はまた頭をぐるんと一回転させた後、俺とロックに手のひらを向けた。

こっちは全力で走っているのに、手のひらはピタリと俺に狙いを定めている。

やはり回避を考えながら接近するのは難しいか……！

「こっち向けデクの坊！」

シウルさんが叫び、その手に紫色の雷《いかづち》をまとわせる。

そう、彼女は俺と違って最低限の魔法が使える。

それも強力な属性とされる「雷」を……！

「紫電弾《クーゲルドンナー》！」

彼女の手から放たれた雷の塊《かたまり》が魔鋼兵に当たり……すぐに拡散した。

「やった！　当たった！　ラッキー！」

彼女の魔法はとにかく練度が低い。放ってもすぐに拡散し、遠くの敵にはダメージが通らないこともしばしば……。

ただ、敵の注意を引くだけなら紫色の雷はとても効果があった。

魔鋼兵の狙いは俺からシウルさんに切り替わる。

「ひえっ……！　後は逃げるだけだからね！」

シウルさんはすぐにその場を離れ、俺は今のうちに魔鋼兵との距離を詰める！

その間にも魔鋼兵の両手の輝きは増していく。

ロックは問題ないとして、シウルさんは上手く物陰に隠れられただろうか？

心配だ……彼女は足も遅いから……！

「グゥウ………クワァッ!!」

光線が放たれるよりも早く、ロックが炎を吐いた！

しかも、今までのようにただ口から吹き出す炎じゃない。

球体状に圧縮された炎の塊を発射したんだ！

炎の塊は攻撃準備に集中していた魔鋼兵の肩にぶつかり、激しい爆発を起こした。

その衝撃で魔鋼兵はよろけ、地面に手をつく。これで奴は攻撃どころではなくなった！

「ありがとうロック、シウルさん！　これでトドメだ！」

自分を犠牲《ぎせい》にするかのような行動は、シウルさんが変わり始めている証拠。

爆炎を起こす新たなる技は、ロックが成長している証拠だ！
俺も今までの俺とは違うところを見せてやる！
魔鋼兵が手をついたことで狙えるようになった首を斬り落とすんだ！
生物と同じように首が弱点かはわからないけど、俺の直感がそこを狙えと告げている！
「うおおおおおお……おっ、ぐぐっ……刃が……通らないっ⁉」
魔鋼兵の首にほんの少し刃が食い込んで止まってしまった。
抜こうにも抜けず、進めようにも進められない！
「危ないっ！　避けてぇーーーっ！」
剣に夢中になっていた俺は、横から迫っていた魔鋼兵の拳に気づかなかった。
鋼鉄の拳が横腹にめり込み、何かが砕き潰されるような音が体の中から聞こえた。
「ぐうぅぅぅ……………っ！」
意識が飛びそうになる……！　呼吸もままならない……！
だが、なぜ魔鋼兵が斬れないのかわかった。
それは相手が硬いからでも、竜牙剣の斬れ味が悪いからでもない。
俺がキルトさんの教えを守って、無意識に力を抑えるようになっていただけなんだ。
だから、あのギガントロールの時のように……いや、あの時以上に！
この生きるか死ぬかの瀬戸際《せとぎわ》で、あふれ出てくる力をすべて刃に乗せれば……！

「うおおおおおおおーーーーーーーーーッ!!」

手の甲に竜の従魔紋が浮かび上がり、放たれるオーラが刃を紅色に染めていく。

すると止まっていた刃がスッと通り、そのまま魔鋼兵の首を斬り落とした。

「はぁ……はぁ……」

「まだよ！　まだ動いてるわっ！」

頭を失った魔鋼兵はデタラメに動き出す。

どうやら、人間と同じように、頭が体を制御する指令を送っていたようだな。

暴走する魔鋼兵の拳が再び俺に迫るが……もう恐れることはない。

腕を斬り落とし、脚を斬り落とし、合体して修復出来ないほどバラバラに斬り刻む。

「す、すごい……！　あんなに硬そうな魔鋼兵がバラバラに……！」

完全に活動を停止したことを確認し、剣を鞘に収める。

ふぅ……と一息つくと、全身に激痛が走った。

「い、いてっ！　いててて……っ！　す、すごく体が痛いぃ……！」

それも当然。骨は確実に折れているし、衝撃を受けた筋肉や内臓も無事ではないだろう。

むしろ、生きていることにビックリだ！　やっぱり体は鍛えておくものだな……！

「ユート！　大丈夫……!?」

「クゥ〜〜〜!!」

俺の体を支えてくれるシウルさんと、珍しくとても不安そうな顔をしているロック。

「ま、まあ……そこそこ大丈夫だよ……！」

心配させまいと強がってしまう俺。

実際、死にはしないと思うよ……。ほら、血とかは吐いてないし……。

でも、早めにお医者さんのところに連れて行ってほしいなぁ～……。

「とりあえず、こういう時って寝かせた方がいいのかしら……？　それとも立ったままの方がいい感じ……？」

シウルさんはあたふたしている。

普通に考えたら寝転んで安静にした方がいいけど、今回は肋骨《ろっこつ》が折れてそうだからな……。下手に動くと骨が内臓に突き刺さってしまう可能性もある。

今のところ痛いだけで吐血や呼吸困難はない。立っていられるだけの体力もまだ残っている。

それに動ける魔鋼兵はこの1体だけとは限らない。

シウルさんに俺を担《かつ》いで逃げる力はないし、いざとなったら自分の足で立って歩かねば……！

「えっとえっと……そうだ！　確かあいつらの荷物の中にいい物があったはず！」

突然そう叫ぶとシウルさんはごそごそとリュックを漁り始めた。

それも自分のリュックではなく、マリシャさんのリュックをだ。

「……あった！　これを飲めば体内の傷だって治るはずよ！」

シウルさんが見つけたのは、鮮やかな緑の液体が入った小瓶《こびん》だった。

あれは……ポーション！　いわゆる回復薬！

希少な植物から抽出・濃縮《のうしゅく》されたその成分は、飲むだけで全身の傷を癒すという……。

しかも、あの透明度と色合いは安価な粗悪品ではなく、純度の高い高級品。猛毒や重い病気には
あまり効果がないが、傷には効果てきめん。

今回は体の内部をやられているけど、強い衝撃で傷ついただけであって病気ではない。

ポーションはちゃんと効くはずだ！

「こんな物を持ち歩いているなんて、流石は上級ギルドの幹部ですね……」

「ほんと、一応は偉い奴らだもんね！　ささ、遠慮せずに飲みなさい。ユートにはその権利がある
んだから！　あいつらが文句を言って来たら、私が言い返してあげるわ！」

「あはは……それは頼もしい」

俺は小瓶の中身を一気に飲んだ。味は……爽《さわ》やかなミント風味。

良薬は口に苦しと思っていたから、意外な飲みやすさに驚く。

「どう？　治ってきた？」

「いや、流石にそんなに早くは……おおっ⁉」

お腹の中がざわざわとうごめくような気持ち悪い感覚……！

服をガバッとめくって横腹を確認すると、内出血で赤黒く変色していた皮膚がみるみるうちに健

康な色に戻っていく！

しかも、折れた骨までくっついているようだ！

「高級ポーション……とんでもないなぁ！」

飲んでから1分も経たないうちに痛みはほとんど消えてしまった。

もちろん完全に治ったとは言い切れないけど、あの大怪我を一瞬でここまでに治すポーションの効果には驚愕《きょうがく》するしかない！

「ありがとうシウルさん。ナイスアイデアでした。俺って荷物持ちをしてた割に、その中身はほとんど知りませんでしたからね」

「これでも一応ギルドマスターの女だからね。それくらいのことは知ってるわ。あとポーションはエルロコの分もあると思うけど、そっちも飲んじゃう？」

「いや、ポーションは最後の切り札です。これから先、俺以上の大怪我をする人が現れないとも限りません。その時まで温存しておきましょう」

「そう？　本当に大丈夫なの？」

「ええ、8割くらいの力は出せます。これならもう1体くらい魔鋼兵を相手にしても平気ですよ」

なんて、また強がってしまう俺。

でもまあ、次は攻撃を食らうことなく魔鋼兵を倒せる自信はある。

竜牙剣の力を抑えること、出し切ること……。ギリギリの戦いの中で、その両方のコツを掴んだ気がする。

魔鋼兵の1体くらいなんとでもなるさ！　ただ、2体や3体同時に現れたらすっごく困る！

それにこの遺跡群には魔獣だってたくさんいるんだ。あっちのパーティが上手くやったとしても、この場所が安全になることはない。

「クー！　クー！」

ロックがぐるぐると歩き回って周囲を警戒している。

傷ついた俺を守ろうとしてくれているみたいだ。

「ありがとうロック。ロックがいれば魔獣の方は問題にならないな」

「ク〜！」

やはり問題は魔鋼兵。

人としてはあまり信頼していないが、今回に限っては信じてるぞ『黒の雷霆』調査隊！

早めに抽出機を何とかしてくれ……！

でも、あわよくば……異変に気づいた他の冒険者の救援が欲しいところだ。

◇　◇　◇

一方、その頃——

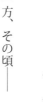

王都にある『黒の雷霆』の拠点には、グランドギルドから送り込まれた検査官が来ていた。

ヘイズから直接グランドマスター宛てに送られた規律違反の報告書……。

それがグランドギルドに届いた翌日の早朝には1人の検査官が現れ、それ以降口を閉ざしてメンバーたちの仕事を観察している。

(よりにもよって、この女が来たか……)

遠征《えんせい》は行わず、王都を中心に仕事を行っているヘイズは心の中で舌打ちした。

鮮やかな緑色の髪を後ろで束ね、フチの大きなメガネをかけた女性。吊り上がった目はいつも何かをにらみつけているように見える。

しかし、キツい印象とは裏腹に彼女が声を荒らげたり、物に当たったりすることはない。

ただ静かにメモを取り、検査対象を見つめ続ける。

人呼んで『暗黙《あんもく》のセレーナ』――本名はセレーナ・シュトーレン。

コーヒーを差し出せば礼を言って飲むし、お菓子を差し出せば全部食べる。美味しかったら感想も言うし、そのお菓子が売っている店も聞いて来る。

だが、それは出された食べ物の美味しさが彼女の検査対象ではないからに過ぎない。

検査の結果および結果を察知されるような情報を彼女が漏らすことはない。いくら話しかけても返って来るのは無難な世間話だけだ。

ゆえに検査官の中でも飛び抜けて懐柔《かいじゅう》が難しく、上の立場の人間に媚びることを得意とするヘイズにとって最も苦手な相手と言える。

それでも何とか彼女の心証を良くしようと、豆を変えつつ3杯目のコーヒーを差し出したヘイズ。

「ありがとうございます」

そう言ってコーヒーに口をつけた瞬間、セレーナの目が見開かれ動きが止まった。

「お、お口に合いませんでしたか……？」

「いいえ、この豆も美味しいですよ。ただ……揺れませんでしたか？　しかも、すごく嫌な……胸がざわつくような揺れです」

「地震ですかね……？　いやぁ、私は感じませんでしたけど……」

「むぅ…………」

セレーナはもう一度コーヒーをすすった後、カップを置いてギルドの外へ飛び出した。

そして大通りの真ん中に立ち、仁王立《におうだ》ちで目を閉じる。

「な、何をなされてるんですか？」

「風を感じているのです。ほら、また……！　この方角はアルタートゥムか……？」

アルタートゥムの遺跡群がある方角に顔を向け、セレーナは目を開いた。

「検査は一時中止です」

「えっ!?」

「王都に動ける人材は少ない……。私が自分の足で向かいます」

「アルタートゥムにですか!?」

「ええ、その通りです。ヘイズさんは引き続き通常業務を行ってください。何事もなければ、すぐに戻って来ますので」

ヘイズの頭によぎるのはエルロコたちの顔……。

彼らは今まさにアルタートゥムの遺跡群にいるはずだ。

そして、遺跡群を管理しているのは他でもない『黒の雷霆』！

もはや大きなトラブルの予感しかしない……！

「お、俺……じゃなくて私も向かいます！　あそこには今うちの調査隊が出向いてまして、もしかしたら何かあったのかも！　ギルドマスターとして、これはすぐに対応しなければ……！」

「いえいえ、結構ですよ」

セレーナは走り出した。早馬よりもずっと速いスピードで。

急展開に理解が追いつかないヘイズ。

しかし、腐っても上級ギルドのマスターである彼は、ギルドのピンチを本能で察していた。

「ヘイズさん、何かありましたか……？」

心配して近寄って来た部下に向かって、ヘイズは言い放った。

「今すぐ俺の馬を用意しろ！　追いかけるしかねぇだろ!?」

「は、はいぃぃぃ……！」

こうしてアルタートゥムの遺跡群に2人の冒険者が向かうこととなった。

……いや、もう1人。

空気の振動が十分に届くとは言えない、そんな遠い場所の爆発に気づいた者がいた。

「うわっ、揺れた……！　しかもとっても嫌な揺れ……アルタートゥムの方だ……」

受付でうとうとしていたキルトはハッと目を覚まし、ギルドベースの外に飛び出した。

「ここで仕事場に向かうのは過保護かな……？　いや、やっと出会うことが出来た大事な大事なメンバーだもの。放っておくわけにはいかない！」

鍛え上げた瑠璃色の竜牙剣を携《たずさ》え、キルトもまたアルタートゥムへと走り出した。

「無事でいてよ、ユートくん！　ロックちゃん！」


走り出した3人の冒険者。

最初に遺跡群を視界に捉えたのはセレーナ・シュトーレンだった。

ギルドを管理するギルドであるグランドギルド――

そして、冒険者を管理する冒険者である検査官――

その業務と立場上、検査対象に疎《うと》まれ、暴力によって脅しをかけられることもある。

ゆえに生半可《なまはんか》な実力では検査官になれない。

知力、武力、魔力……そのすべてが突出している者だけが資格を得ることが出来るのだ。

「遺跡の方から黒煙が上がっている……。ただ火の扱いを間違えただけならいいが……まあ、それでは済まないか」

馬を超える速度で走りつつ、息一つ切らさない。

この異常な体力もまた検査官に求められるものだ。

「久しぶりに汗をかくことになりそうだな」

セレーナは自らの武器である深緑色の鞭《むち》を構え、アルタートゥムの遺跡群に突っ込んでいった。

◇◇◇

良い予感はなかなか当たらないけど、悪い予感はよく当たるものだ。

ポーションでの回復後、俺はもう3体の魔鋼兵を倒している。

幸《さいわ》いにもこの3体は最初に倒した個体より状態が悪かったり、サイズが小さな個体だったりしたからそこまで問題にならなかった。

しかし、今俺たちの前に立ちはだかっているのは……武器を持った個体。

光の刃と光の盾《たて》を持つ、明らかに気合を入れて作られた魔鋼兵だ。

「くっ……こっちの剣だって光るさ！　盾はちょっと羨《うらや》ましいけど……」

しかも、こっちの剣を光らせ続けるのは楽じゃない。

長い間剣を振り続けて実感出来た。

竜牙剣は俺の魔力を吸って力を発揮している！

俺の魔力が尽きた時、竜牙剣もまた輝きを失うんだ。

ただ、魔法を使ったことがない俺は、自分が持つ魔力のキャパシティがわからない！

一体いつまで俺は戦えるんだ……？

「少なくともあと10体くらいは斬りたいところだが……！　いくぞロック！」

「クウウウッ！」

ロックが敵を撹乱し、俺がたたっ斬る！

この魔鋼兵は武器を持っているせいで手から光線を飛ばせない。

逆に戦いやすいというものだ。

「ユート！　エルロコたちがこっちに戻って来るよ！」

武器を持った魔鋼兵を片付けたところで、シウルさんがそう言った。

抽出機の方はどうにかなったんだろうか？

仕組みはまったくわからないが、俺の指示を受けてすぐに動き出したあたり、彼ら自身この魔鋼兵と抽出機に何らかの関係があると認識しているはずだ。

その関係が正常に戻れば、魔鋼兵も何とか……。

「あっ……！　あいつら何体も魔鋼兵を引き連れてるよ！」

「えっ⁉」

シウルさんの言う通り、調査隊の６人は複数の魔鋼兵に追われていた！

この状態で誰１人欠けていないことには感心するが、後ろから来る魔鋼兵を全部倒すとなると、骨が折れるなんて言葉じゃ済まないぞ……！

「そこの冒険者たち、止まりなさい！」

遺跡に凛《りん》とした声が響いた。

次の瞬間、調査隊を追いかけていた魔鋼兵たちがまとめて植物のツルのような物に搦《から》め捕《と》られ、地面に引き倒されていた。

そのまま魔鋼兵たちは締め上げられ、バキバキと音を立てながら潰されて動かなくなった。

「グランドギルドの検査官、セレーナ・シュトーレンです。私の権限により、この場にいる全員に話を聞かせてもらいます。拒否権はありません」

鮮やかな緑色の髪と、フチの大きなメガネが特徴的な女性だ。

検査官と言っているが、俺にはそれ以上のことはわからない。

しかし、エルロコたち『黒の雷霆』のメンバーは彼女の顔を見て「マズい……！」という表情を隠せていない。

「今しがた私が潰したのは、魔鋼兵と呼ばれる古代の人型兵器です。当然、そちらの『黒の雷霆』の方々はご存じですよね？」

みんなバツが悪そうに目を逸らしている……。

「ご存じですよね？」

「は、はい……」

「では、なぜ魔鋼兵が動き出したのか？　まあ、おおよそ見当はついていますが、あなた方の口から直接語っていただきましょう。よろしいですね？」

「……はい」

観念したようにうつむく調査隊の面々。

ちなみにシウルさんは「私は無関係」という顔をしている。

まあ、本当に何も知らないんだろうけど……。

「では、移動しましょう。ここで話を聞くのは危ないですからね」

「あの、その前に1ついいですか？」

俺はセレーナと名乗った検査官に声をかける。

すると、彼女はキリッとした目でこっちを見た。

目力が強くてちょっと怖い……！

「あなたたちにも後で話は聞きますよ」

「それはいいんですけど、俺もそっちの彼らに聞きたいことがあるんです。高魔元素抽出機の方はどうなったのかなって」

「……どうなんですか？」

セレーナさんが質問を引き継ぐ。

代表して答えたのはマリシャさんだった。

「ああ……何とか全部バッテリーを交換したよ。死ぬかと思ったけどね……」

「それは良かった！」

これで少しは安心してもいいかな？

セレーナさんはすごく強そうだし、魔鋼兵の相手は任せられるはずだ。もうへとへとの俺が出しゃばる必要はないだろう。

「なっ、何があったんですか……っ!?」

だが、突然聞こえて来た声に、俺の緩みかけていた意識が引き締まる。

忘れもしない……この声の主は！

「ヘイズ……！」

何とも言えない表情をしたヘイズが、息を切らせた馬に乗って現れた！

調査隊と関わった時点でまたその顔を見ることになると覚悟していたけど、まさかこんなに早く会うことになるとは……！

セレーナさんがヘイズに視線を向ける。

「ついて来てしまったのですか、マスター・ヘイズ」

「居ても立ってもいられませんよ！　俺の仲間が大変なことになってるかもしれないのに！」

平気でこういう白々しいことを言えるのは相変わらずだな。

心配しているのは、自分のプライドそのものであるギルドの評判に対してであって、メンバーの身の安全は二の次のくせに。

「まあ、これはこれで話が早く済むかもしれません。移動は取りやめです。役者は揃ったことですし、たとえ危険でもこの場で話をする方が、事の重大さを実感出来るでしょう」

奇妙《きみょう》な空気感の中、俺もまだ把握していない今回の出来事のすべてが語られようとしていた。

「このアルタートゥムの特殊な地形は、大地を流れる高魔元素を溜め込んでしまう。そして、溜め込まれた高魔元素は魔獣に力を与え、突然変異や新たなる進化の原因となる……。ここまでは誰もが知っているでしょう」

セレーナさんが全員の顔を見る。

「その危険の芽《め》を摘《つ》み取《と》り、逆に利用するために高魔元素抽出機は作られたのです。その管理と運用は重要な任務で、任された者には重大な責任と十分な報酬が与えられています。手を抜くことは許されません。特にこのアルタートゥムは……！」

その時、また新たな魔鋼兵が現れた！

腰を抜かすヘイズとは裏腹に、セレーナさんはまたもや鞭を使って魔鋼兵を締め上げた。

「いつ作られたのかも定かではない遺跡。未だ解明出来ない技術。戦うために作られたことだけはハッキリしている魔鋼兵。これらはすべて高魔元素で動いています。高魔元素がこの地に満ちれば、眠っていた古代の脅威が蘇《よみがえ》る恐れがあるのです」

魔鋼兵の動力は高魔元素……。

なるほど、だからアルタートゥムは、特に厳重に管理しなければならないのか。

「ただ、実感のない恐れに対して人は鈍感《どんかん》です。管理マニュアルに魔鋼兵の危険性を書き連ねても、朽ち果てて動きそうもない魔鋼兵を見続ければ自然と注意は散漫《さんまん》になる。こんな物が動くはずはないと高《たか》を括《くく》ってしまうのです」

エルロコさんがギクッとしたように体を震わせる。なんともわかりやすい人だ。

「魔鋼兵は危険な存在です。状態の悪い個体なら私でも倒せますが、完全体となると……。グランドギルドとしては、動き出す可能性があるならばすべての個体を破壊しておきたいのですが、国はいつかその力を自分たちのものとするために現状維持を望みました。むやみに壊さず、そのままの形で残しておけということです」

セレーナさんが現れた時から、俺も少し引っかかっていたんだ。

魔鋼兵の危険性をグランドギルド側が認識しているなら、高魔元素が満ちても動けないくらい、事前にバラバラにしておけばいいんじゃないか……ってね。

でも、国の意向なら仕方ない。

この未知の技術の研究材料を失いたくないという気持ちはわからんでもないからな。

「こうなった以上、魔鋼兵が動かないように高魔元素を抽出し続けるしかありません。それがあなた方『黒の雷霆』が国より命じられた任務だったはずです。ですが……手を抜きましたね？」

セレーナさんはキッとエルロコさんをにらむ。

彼の鍛え上げられた肉体が、今日は小さく縮こまって見えるな……。

「あなた方のギルドベースに保管されていた、定期調査の報告書を読ませていただきました。すると、ここ最近妙にバッテリーに溜まっている高魔元素の量が少ないことに気づきました。高魔元素の量は時期によって増減するとはいえ、かなり少ない期間が続いていますね。しかも、溜まっているのは一部の抽出機のバッテリーのみで後は空っぽなんて……」

調査隊の面々を1人1人見据えるセレーナさん。まさに尋問《じんもん》といった雰囲気だ……。

「それに報告書に記されている調査にかかった時間……かなり短いですよね？　この魔獣の棲む遺跡群を歩き回って1つ1つ抽出機をチェックするには、それなりの時間が必要なはずなのに……」

今度はヘイズをにらむセレーナさん。その口から結論が語られる。

「単刀直入に言います。すべての抽出機をチェックしてないですね」

「うっ……！」

ヘイズの頬やまぶたがピクピクと痙攣《けいれん》する。

「高魔元素が溜まりやすい一部の抽出機だけをチェックして、すぐに帰還している。そのせいで高魔元素の流れが変化したことに気づかず、普段チェックしない抽出機の方に大量の高魔元素が溜まってしまった。そして、抽出し切れずあふれた高魔元素が魔鋼兵に流れ込み……今に至る。これが私の見立てですが、反論はありますか？」

申し訳なさそうに押し黙る調査隊の面々。

話がよくわかっていなさそうなシウルさん。

そして、歯を食いしばって何とか反論しようとしているヘイズ。

「……確かに記録だけ見れば、あなたの言っていることが正しく思える。しかし、決定的な証拠はありません！　何となくそう読み解けるというだけです！　もしかしたら、前回の調査と今回の調査の間に濁流《だくりゅう》のように高魔元素が押し寄せて、バッテリーを満タンにしたのかもしれないじゃないですか⁉　だって、高魔元素の流れは川みたいなものなのだから！」

悔しいがヘイズの主張も一理ある気がする。

高魔元素が自然のものなら、今までにない現象が起こる可能性もゼロじゃない。

これに対してセレーナさんはどう返すのか……！

「あ、確かにその可能性もありますね」

「「「「えっ⁉」」」」

あっけらかんと認めたセレーナさんの態度に、この場にいる全員が驚きの声を上げる。

表情からして不手際を認めていた調査隊の面々も、「もしかしたら、これいける？」みたいな希望に満ちた表情になり始めている。

ヘイズも目を輝かせ、笑みを浮かべている。

「ほ、ほら！　俺たちはいつもちゃんと調査してるんですよ！　今回は人間には計り知れない自然のイタズラでこのような事態になってしまいましたが、普段は行動を最適化し、短い時間ですべての調査を完遂《かんすい》しているんです！　なっ？　お前たちもいつもそうしてるよなっ⁉」

少し困った表情でうなずく調査隊の面々。

どう見たって何かを隠しているのに、決定的な証拠がない……！

このままじゃ、いずれまた杜撰な管理に戻る。

魔鋼兵が再び動き出すのも時間の問題だ。次は死人が出るぞ……！

「では、今からあなた方が交換したバッテリーを調べてみましょう」

「「「「え？」」」」

セレーナさんの想定外な言葉に、今度は全員疑問の声を上げる。

バッテリーを調べて何になるんだろう？

「さっき言ってましたよね？　すべてのバッテリーを交換したと……。実はバッテリーには溜まった高魔元素の量を日ごとに記録する機能があるんです。もし濁流のような高魔元素に晒されたのなら、1日で大量の高魔元素が溜め込まれたバッテリーがあるはずです」

「そ、そんな機能聞いたことがありませんっ！　騙し討ちみたいじゃないですか！」

ヘイズがすっとんきょうな声を上げる。

それに対してセレーナさんは諭《さと》すようにこう言った。

「本来これはあなた方を守るための機能なのです。マスター・ヘイズが言うような不可抗力《ふかこうりょく》のトラブルが起こった際、あなた方にその責任がないと証明するために備え付けられているのです」

「うっ……あ、ああ……っ！」

セレーナさんは特殊な器具をバッテリーに接続し、表示された数値を確認していく。

そして慎重かつ素早くすべてのバッテリーを確認した後、静かに言い放った。

「どれもじわりじわりと溜まってますね。中には1か月近くかけて満タンになったバッテリーや、前回の調査の時にはすでに満タンになっていたバッテリーもありますよ」

ヘイズの口はパクパクと開閉しているが、声は出て来ない。その顔面はまさに蒼白《そうはく》だ。

「ヘイズ・ダストル……あなたは虚偽《きょぎ》の証言を行いましたね？　本当に行動を最適化し、短い時間ですべての調査を完遂しているのなら、もう一度そう言っていただけますか？」

「ハ、ハハハ……俺は……お、俺は……！」

ヘイズは膝から崩れ落ち、頭を抱えて震え出した。

ついに……この男の化けの皮が剥がれたんだ。

長いようで短い沈黙が流れた後、最初に口を開いたのは……なんとヘイズだった。

「違う、これは純粋なミスなんだ……！　意図的に手を抜いたわけではなく、偶然チェックの過程で一部の抽出機を見逃してしまっただけなんですよ！　なあっ!?　お前らそうだよなっ!?」

まだ不手際を認めようとしない姿勢……。その諦めの悪さにはある意味で感心してしまう。

だが、彼の部下たちはそこまで見苦しい人間ではないようだ。

「ヘイズ……もう言い逃れは出来ないよ……。私たちは時間短縮のために一部の抽出機しかチェックしてなかったのさ……。いや、私たちだけじゃなくここ数か月……あるいはもっと前の調査に関わったすべてのパーティが手を抜いていたんだと思う……」

「な、何を言い出すんだマリシャ!? お前らしくないじゃないかっ！」

「俺も認めるぜマスター……。このアルタートゥムの定期調査は手抜きが常態化していたんだ。それなりに危険が伴う割に、やることは地味で変化がない……。だから、抽出機を正しく確認することよりも、とにかく素早く終わらせることが目的になっていたんだ……。まあ、俺の場合は強い魔獣と戦うことが目的だったがな……」

「エルロコまで……！ 急にまともな冒険者みたいなことを言うじゃないか！ お前たちの手抜きのせいでギルドの評判が地に落ちようとしているんだぞ！」

この言葉には反論出来ない調査隊の面々。

代わりに会話を引き継いだのはセレーナさんだった。

「確かにこの失態の責任は、実行部隊である調査隊にあります。ですが、調査隊はあなたのギルドの幹部が交代で参加し、その責任を負っていたはず……。つまり、幹部のほぼ全員が失態を犯しているのです。それはもはやギルド全体……その上に立つあなたの責任でもあるのです」

「ぐぅ……！」

「それに定期調査は国から委託された仕事。その調査結果はギルドマスターがチェックした後、国へ報告することになっているはずです。そのタイミングで、ギルドに来たばかりの私でも感じた程度の違和感に気づけないのは、マスターとしてチェックが甘いと言わざるを得ません」

「ぐぎぎ……っ！」

「まあ、その調査結果をただただ受け取るだけの国にも責任はありますけどね……。本当はもっと性能の良い抽出機が完成しているのにもかかわらず、コストがどうこうと言って導入を渋《しぶ》っているという話も聞きます。依頼主である国自体がこのアルタートゥムを軽視しているのですよ……っと、すみません。つい愚痴《ぐち》を言ってしまいました」

セレーナさんは「コホン！」とわざとらしい咳払いをし、話を元に戻す。

「ここの定期調査は危険な仕事です。それを長く続けながらも死者を出していないのは、あなた方のギルドの功績と言って良いでしょう。手を抜いていたわけですが、こんな強力な魔獣が出るエリアを毎週調査するとなれば、手順を省略したくなる気持ちもわからなくはありません。その点は情状酌量《じょうじょうしゃくりょう》の余地があり、バッテリーの確認と交換作業がより簡単になった新型高魔元素抽出機を導入しない国にも多少は責任があると言えるでしょう」

その言葉を聞いた瞬間、ヘイズがガバッと顔を上げる。

もしかしたら許されるかもしれない……そんな期待が彼の顔に表れている。

だがしかし、セレーナさんは冷たく言い放った。

「それを踏まえたうえで『黒の雷霆』は上級ギルドに値《あたい》しないと判断しました」

「……へえっ!?　こ、こんな1件のミスで……！」

「何を言っているのです。私が来た理由も忘れたのですか？　すでに重大なアクシデントを連続で起こしているんですよ？」

「そ、それでも2件です！　偶然、運悪く、重なってしまったんです！　普段はしっかり……！」

「していないことは調査済みです。グランドギルドにも前からクレームが寄せられていましたし、近隣の住民や過去の依頼者にも聞き取り調査を行っています。そして、ギルドベースに残された書類を確認したことで裏付けは完了しました」

「あ……あひっ、そ、そんな……っ！　いつの間にそこまで……！」

「あなたとあなたのギルドにまったく能力がないとは言いません。ですが、富と名声を求めるあまり身に余る依頼を抱え込み、一部のメンバーは働き続けて疲弊《ひへい》し、依頼主は雑な仕事っぷりで迷惑をこうむる……。とても上級ギルドとは呼べません。ふさわしい規模で組織運営をやり直しなさい」

これは明確な上級認定取り消し宣言だ。

当たり前だが、一度受けた上級認定を取り消されるというのは相当な罰だ。上級ゆえの優遇措置が撤廃《てっぱい》され、人々からの評判は地に落ちて依頼も減る。

そして何より、上げて落とされるというのは人のプライドを大きく傷つける。

俺だってなったばかりのD級冒険者から、またE級に戻されたら派手に落ち込む。

プライドの高いヘイズにとって、この宣言がどれほどものか……。きっと俺の想像を絶する精神的ダメージを負っているだろう。

でも……これは仕方ない！　こんなんでよく上級ギルドを名乗れるなってずっと思ってたもん！

俺みたいな、ギルドに酷い目に遭わされた人間が暴力で復讐《ふくしゅう》するわけではなく、何か偶発的な不幸でギルドが潰れてしまうわけでもなく、ギルドの悪行が明るみに出て正しい形で裁かれる。

はりぼての上級ギルド『黒の雷霆』には、こんな末路《まつろ》がふさわしいんだ。

「さて、普段は秘密にしている検査結果を披露《ひろう》し終えたので帰りましょうか。落ち込んでいても自《じ》暴自棄《ぼうじき》になってはいけませんよ。何もギルドを解散しろとは言っていません。正しい形でやり直すのです。もちろん、余罪が出て来なければの話ですが……」

『黒の雷霆』のメンバーはとぼとぼと歩き出した。

ショックで動けないヘイズにはエルロコさんが肩を貸している。

「クー！」

「ロックには長話が退屈《たいくつ》だったかな？」

「ク～！」

ロックはまだ動き足りないのか、帰り道とは違う方向に行こうとする。

……いや、違うな。何かを伝えようとしているのか？

「むむむ……あっ！　確かにまだ俺たちの仕事は終わってないんだな……」

必要な素材を集めている最中に爆発が起こったから、あと少しだけ数が足りていないんだ。

でも、今この場所は危険だし、一度戻ってキルトさんの判断を仰いだ方が……。

ゴゴゴゴゴゴゴゴゴゴ…………ッ!!

その時、突然大地が大きく揺れ始めた。

今までの魔鋼兵による爆発とはわけが違う。

地中にある何かに大地を揺さぶられているような長い揺れだ……！

「あ、あれは……！」

その揺れの正体はすぐに判明した。

両腕で土をめくり上げ、大地の中から白亜《はくあ》の魔鋼兵が這い出して来たんだ！

「大きいぞ……！」

今までの魔鋼兵の倍はある！

それにボディに傷や汚れがほとんど見当たらない。まるで作られたばかりの新品のような……。

「恐れていた事態が起こってしまいましたね……」

苦々しい表情のセレーナさんが言う。

「このアルタートゥムの遺跡群には未知の部分が存在するのです。特に地中に埋もれた遺跡は発掘や研究が遅れています。もしその中に風化や浸食を避け、完全な状態で残っている魔鋼兵がいたとしたら……いや、おそらく目の前のアレがそれです」

白亜の魔鋼兵は武器こそ持っていないが、頭の周りや手首の部分に穴が開いている。

他の魔鋼兵が爆発する光線を放っていた穴に似たものだ……！

目は変わらず1つだが、体型はスリムというよりマッシブ。光線を使わずに殴りかかって来られても、厳しい戦いになるだろう……。

「セレーナさん、どうします？　撤退出来るならそうしたいところですけど」

俺が問うと、セレーナさんはうなずいた。

「私も同意見です。ただ、魔獣と違って魔鋼兵はアルタートゥムを離れても追って来る可能性があります。流石にこれを王都に連れて帰るわけにはいきません」

「やはり、倒すのが無難……！」

ここには今10人の冒険者がいる。

でも、魔鋼兵に立ち向かえるのは俺とセレーナさんだけだ。

他のみんなには戦う以外で活躍してもらう。

「何人かは今すぐ王都に帰還させて、援軍を呼んでもらった方がいいと思います」

「そうですね。私たちがあの魔鋼兵の注意を引いている間に離脱し、グランドギルドに緊急事態を知らせてください。そうすれば、適切な増援を手配してくれるはずです」

『黒の雷霆』の面々はすぐに話し合い、ヘイズと幹部2人、そしてシウルさんを残して他のメンバーは離脱することになった。

まだ正式に上級認定取り消しが行われたわけではない。

ギリギリ上級ギルド『黒の雷霆』の力……今こそ見せてほしいものだな。

特にヘイズはA級冒険者……本当は強いはずなんだ。その戦いっぷりを間近で見たことがある俺が言うんだから間違いない。

今この時だけでも肥大化したプライドや欲望を捨てて、純粋な気持ちで戦ってくれれば……突破口が見えてくるかもしれない！

ピピピピピピピピピピピピ——聞き慣れない高い音の連続。

発生源は……白亜の魔鋼兵！　その1つ目が激しく点滅している！

「みんな！　一旦《いったん》散るんだ！」

間違いなく攻撃の予備動作！　それも特大のが来る前の……！

王都へ帰還するメンバーは即座に樹海の中へ身を隠す。そして援軍を呼びに走り去って行った。

残った俺たちは動きながら魔鋼兵の視線を確認し、どこを狙っているのかを探る。

「目があまり動いてない……。狙っているのは俺たちじゃないのか？」

バラバラに走っている俺たちを狙うなら、その目は小刻みに動かす必要がある。

しかし、今の魔鋼兵の目はゆっくりと何かを追っている。

その視線の先には……。

「ヘイズ……！」

よろよろと魔鋼兵に向かっていくヘイズ。

1人で敵に立ち向かおうとしているわけではない。ただ自暴自棄になっているだけだ！

「ヘイズッ！　そっちに行くんじゃない！」

「マスター……戻って来い！」

仲間の呼びかけにも反応を示さない。魔鋼兵を使って死ぬつもりなんだ……！

「みんなは近づかないで！　俺が行きます……！」

死なせてやればいいじゃないかとも……思う。

わざわざ危険を冒《おか》して助けに行く義理はまったくない。

でも、でも……このまま死んで終わりなんてあっけなさ過ぎる。

犯してきた罪から逃れる行為に過ぎない。

それに今の俺には助けられるだけの力がきっとある……！

冒険者として、出来ることをやらないわけにはいかない！

「受け止めろ、俺の竜牙剣！」

ヘイズの前に割り込み、ありったけの魔力を刃に込める。

男1人を引っ張って逃げる自信はない。だから、攻撃を受け止めてやる！

そして——白亜の魔鋼兵の目から桃色の光線が放たれた。

あまりにも太く、あまりにも激しい魔力の濁流……！

それを受け止める竜牙剣の紅い刃は熱を帯び、火花を散らす！

すさまじい衝撃に体が吹っ飛びそうになる……！

でも、地面に足をつけて踏ん張るんだ！

「ぐぅぅぅぅぅ…………っ！　しゃあっ！」

何とか……何とか受け切った……！

激しい光線が止まり、やっとまともに呼吸が出来る……！

だが、無傷とはいかなかった……。

体の至る所が飛び散った光線と火花で焼けた。特に剣を持つ手は酷い火傷《やけど》を負っている。

それに自分の中の魔力が尽きた感覚がある。人生で初めて味わう感覚だが、本能でわかるんだ。

体を休ませ魔力を回復させない限り、もう俺は竜牙剣の力を引き出すことは出来ない。

でも、俺の全力には人の命を救うだけの力があったんだ。それだけでも……。

「もう終わりだ……死ぬしかない……」

「おい……ヘイズッ！」

ヘイズはまたも魔鋼兵に近づこうとしている……。

もはや言葉ではどうにもならない！

「この馬鹿野郎ッ!!」

俺は焼けた右手でヘイズの顔をぶん殴った。

精一杯の力を込めた一撃は、ヘイズを仲間たちのところまで吹っ飛ばす。

「まだまだ諦めの悪さを見せつけてくれる男だと思ってたよ！　ここで魔鋼兵を倒して、上級認定取り消しを取り消させてやるってな！　でも、俺の買い被りだったみたいだ！」

ギルドに入った当初は憧れたこともある男……。

でも、これで本当にお別れだ。

「ユート！　どうしてあんな奴をかばったの!?　またボロボロになっちゃったじゃない！」

駆け寄って来たシウルさんが耳元で叫ぶ。

「すみません……。俺も何やってんだろうとは思ったんですが、あそこで動けない俺だったらきっと2年間も『黒の雷霆』にいないし、冒険者だってすぐに辞めていたと思うんです。残念ながら、これが俺という人間みたいです……」

「不器用な人……！　ほら、エルロコの荷物からかっぱらって来たポーションよ！　さっさと飲みなさい！」

シウルさんの手で口にポーションが流し込まれる。

火傷のヒリヒリ感はすぐに消えたが……魔力は戻らない。

ポーションはあくまでも傷に対する回復薬……。魔力までは回復してくれないんだ。

「ありがとうございます。シウルさんは危ないんで離れていてください」

「まだ戦うの……!?」

「当然……！」

……と強がってみたものの、光線を受け止めた時に激しい閃光《せんこう》を見たせいで目がチカチカしている。

それに魔力が尽きて竜牙剣は輝きを失っているし、正直戦える状態ではない……。

「あなたは撤退しなさい。後は私が始末します！」

「クー！」

セレーナさんとロックが俺を置いて魔鋼兵に向かって行く。

でも、すごく嫌な予感がする……。

幼い今のロックでは、まだあいつに勝てない！

「待てロック……あっ」

その時、頭の中を支配していた嫌な予感が消えた。

魔鋼兵は動きを止め、セレーナさんとロックも止まる。

頭から股《また》へ――魔鋼兵は真っ二つに両断されていた。

裂かれた体はゆっくりと左右に傾き、地響きと共に倒れた。

「ここに来るという私の判断は大正解だったみたいね」

さっきまで魔鋼兵が立っていた場所に立つ細身のシルエット。

握られているのは瑠璃色の刃を持つ剣。

「キルトさん！」

「ク〜！」

「今日も災難だねユートくん、ロックちゃん。でも、あなたたちはよく頑張ってるよ」

そう言ってキルトさんは俺をギュッと抱きしめてくれた。

なんかぎこちないけど、とても力強い抱擁《ほうよう》……。

俺はやっと張り詰めていた心を緩めることが出来、しばらくはただキルトさんに身を任せていた。

でも、時間が経つにつれて周りの視線が気になり始め、俺もちょっと恥ずかしいというか、照れが出てしまった。

冒険者としての実績も強さも俺の遥か先を行く人だけど、やっぱり女性は女性。

いつまでもその体に触れ続けるわけにはいかない。

本当はもう少し触れていたいけど……惜しむようにゆっくりとキルトさんから離れた。

「あ、ありがとうございます……」

「いいのよ。減るもんじゃないし、いつでもまたどうぞ」

いつもの笑顔も照れて直視出来ない……。

こうなったら他の話題を出そう！

「そ、それにしても、よくここでとんでもないことが起きてるってわかりましたね」

「まあ、私くらいになると、魔力による激しい爆発の余波を感知することが出来るのよ。普通の人にはわからないから、王都は今も平和なままだけどね」

「なるほど……」

セレーナさんもそれを感知してここに来て、ヘイズはセレーナさんにくっついて来た感じか。となると、最初に出くわした魔鋼兵がまだ倒せる相手だったのは幸いだな。爆発のおかげでピンチを知らせることも出来たし。

でも、いきなり白亜の魔鋼兵が出て来たら確実に誰か死んでいた。

そう考えると、今になって急に怖くなってきたぞ……。

よくあいつの攻撃を受け止めようと思ったものだ。

「キルト……本当にキルトなのか⁉」

セレーナさんが血相を変えてキルトさんに迫る。

「えーっと、まあ、本物のキルト・キルシュトルテです」

「驚いた……こんなところで会えるなんて！」

常に厳しい表情を崩さなかったセレーナさんが、少女のような明るい表情を見せる。

この2人は知り合いみたいだ……！

「お前がグランドギルドを抜けてから街でも全然見かけないと思っていたが、まさかこんなところに住んでいるとはな！　それは会えないわけだ！」

グランドギルドを抜けて……？

つまり、キルトさんが前に所属していたギルドってグランドギルドだったのか!?

驚きと同時に納得もしてしまう。

竜に挑み牙をへし折った過去、白亜の魔鋼兵を一刀両断する実力……。

そんな彼女が所属するなら、ギルドの最高峰《さいこうほう》であるグランドギルドじゃないとおかしいくらいだ。

「ちょっと待ってください先輩。私は普通に王都暮らしですよ。街で私を見かけないのは、先輩が仕事以外であまり外に出ないのと、仕事となるとそっちに集中して無関係な情報を視界から排除《はいじょ》するからです」

「え……そうなのか？」

「実際、私の方は何度か街で先輩を見かけてますよ」

「じゃあ、なぜ声をかけてくれないんだ？」

キルトさんはギクッと体を震わす。

「そ、それは……ほら、お仕事中ですから邪魔するのも悪いかなって……。あの『暗黙のセレーナ』が街でばったり会った知り合いと親しく話してたら、検査対象にも舐められますし……」

「それは確かに……。まあでも、お前が元気そうで良かったよ。グランドマスターとは連絡を取っているのか？」

「ええ、たまに……」

「そうか……。あのお方は後継者が見つからずに困っているよ。名乗りを上げる者はいるが、その高い実力と同じくらい強い野心がある奴らばかりだ。組織のトップにするには危険過ぎる」

「やはり、変わりませんか……」

「強さゆえに望まぬ『次世代の最強冒険者《ニア・グランドマスター》』の称号を与えられ、野心もないのに他のメンバーと比べられてきたお前が、あの組織に嫌気がさすのはわかる。だが、グランドマスターはいつでもお前の帰りを待っているよ」

「あの人には恩があります。でも、私にはもう自分のギルドがありますから、あそこには戻りません。頼まれたら仕事は受けますけどね」

「1人で回しているというギルドか？」

「いえ、もう1人じゃないんです。このユートくんとロックちゃんが私のギルドのメンバーですから！」

キルトさんが俺の肩に手を回し、ロックを小脇に抱える。

入って3日目だけど、間違いなく俺たちは『キルトのギルド』のメンバーだ。

「君たちがメンバー……!?　なるほど、だからキルトが助けに来たというわけか。しかし、こんな素晴らしい実力者をどこで見つけたんだ？　仕事柄いろんな冒険者の活躍が耳に入るが、彼らのことを私はよく知らない」

「でも、ウワサは聞いたことありませんか？　竜の子を連れた冒険者の話を」

「……そうか、この子はドラゴンなのか」

「クー！」

ロックがしっぽをぶんぶん振ってアピールする。

まあ、魔鋼兵が暴れ出す緊急事態にドラゴンまで居合わせているなんて考えないよな。

「こちらのユートくんの剣もよく見ると竜の牙だ。どうりで魔鋼兵の攻撃にも耐えられるわけだな……。しかし、それでも疑問が残る。竜の子を連れ、竜牙剣を使いこなす……。いわば『竜騎《りゅうき》士《し》』とも呼べる実力者が、今の今まで表に出て来なかったのはなぜか……」

「それは……」

キルトさんはチラッとヘイズの方を見る。彼は気絶しているようだ。

ちょっと強く殴り過ぎたか……？

「ユートくんが数日前まで『黒の雷霆』に所属していたからなんですよ」

キルトさんは俺のことを、要点をかいつまんで話した。

ロック誕生のことや、俺が『黒の雷霆』で受けた仕打ちもその中には含まれている。

話を聞いたセレーナさんは口をあんぐりと開けた。

驚きを隠さない目は俺の方を見ている。

「そ、そんな仕打ちを受けたのに、なぜ命を懸けて彼を守ろうとしたのですか⁉　もちろん、冒険者たるもの、私情を捨てて人を守る義務があります。しかし、人間の心はそう単純ではありません。見捨てたところで罪に問われないあの状況で、とっさに憎い相手を助けるなんて……！」

「えっと、そこまで頭が回らなかったというか、考える前に体が動いたというか……。確かに命を懸けて守りたい人ではないんですけど、見捨てるという選択肢も俺の中にはなかったみたいです。それがなぜなのかは……自分にもわかりません」

検査官の前で非論理的な答えを披露してしまった……。グランドギルドは冒険者に、正しい倫理《りんり》と明確な論理に基づいた行動を求めている。今の俺の答えは倫理的にはまだしも、論理的には理想の冒険者からほど遠い。

でも、それを聞いたセレーナさんは険しい表情を崩し、微笑みを浮かべる。

「ふっ、ふふふ……君という人間を見つけ出すことが出来たなら、キルトがギルドを開いた意味もあるというものです。その精神を忘れずに、これからも日々精進《しょうじん》してください」

「は、はい！」

「クー！　クー！」

ロックが自分にも何か言ってほしいのか、体をジタバタさせる。

「まだ幼いのに人のために戦える君は偉い子だ。大きくなっても私たちの味方でいてくださいね」

「ク〜！」

ロックは翼をパタパタさせて喜ぶ。

やっぱり言葉の意味を理解しているのか、それとも言葉に込められたニュアンスというか、感情だけを認識しているのか。

どちらにせよ、ロックが嬉しそうなのでよし！

「……私としたことが、個人的な会話に時間を使ってしまいました。これより王都に帰還します！　今は立場も何も関係なく、全員で生きて帰れることを喜びましょう」

ヘイズはエルロコさんが背負い、ロープでしっかり固定する。

今度はふらふらと勝手に動き出さないように。

こうして俺たちは想像以上の大冒険となったアルタートゥムの遺跡群を後にした。

第5章　新たなる仲間、新たなる力

その後――

全員で帰るみたいな雰囲気があったけど、キルトさんは1人で遺跡群に残った。

先に帰還した調査隊のメンバーが呼んだ援軍を、誰かが現地で待たなければならないからだ。

帰り道ですれ違うことが出来れば事情を話せるけど、援軍が俺たちと別ルートで遺跡群に向かっていた場合はどうにもならない。

呼ばれて来たのに誰もいない、事情もわからないという事態は呼んだ側として不誠実。

だから、誰かが残らないといけないんだ。

「キルトのことは心配しなくていいですよ。彼女は私なんかとは比べ物にならないくらい強いですから。むしろ、心配すべきは魔鋼兵の方です。下手に動いたらすぐに破壊されて、国の研究材料を減らすことになりますし」

「あはは……」

元同僚《どうりょう》のセレーナさんがそう言うなら心配はないんだろう。

俺たちは近くの村から乗合馬車に乗り、王都へと帰還した。

その道中、総本部の馬車とはすれ違わなかったので、やはり彼らは別ルートで遺跡群に向かったのだろう。

無事にキルトさんと合流出来たことを願うばかりだ。

路地に立ち、俺は思い切り伸びをする。

「なんか王都もすごい久しぶりの気分だ……！」

「ク～！」

振り返れば死にかけた記憶が２回……。よく生きて帰って来られたものだ。

お金を稼げるようになったら、自分で高級ポーションを用意しよう！

「さて、まずはギルドマスターであるヘイズさんから調書を取らせていただきたいところですが……多少は休息が必要でしょう。まずはあなた方のギルドベースに戻りましょう」

ヘイズは息をしているが気を失ったままだ。

もしかしたら、寝たふりをしているのかもしれないが……。

幹部２人に逆らう意思はもうない。

彼らはセレーナさんに従い、おとなしく自分たちの拠点に戻っていった。

「ユートくんにもお話を聞かせてもらいますが、今日のところは『黒の雷霆』の方で手一杯です。後日また『キルトのギルド』にこちらから伺いますので、その時はよろしくお願いします」

「はい、わかりました」

俺が関わったのは魔鋼兵との戦闘だけだからな。

抽出機には触れてないし、仕組みもイマイチわかっていない。

もちろん、『黒の雷霆』の実態を聞かせろと言われればいくらでも話すけど、今日はアルタートゥムで起こった事件の後始末が優先ということだろう。

「体調の変化には注意してくださいね。ポーションの効果はすさまじいですが、体の治癒能力を強制的に高めるために必要な体力を前借りしているんです。今日は早めに眠り、気分が優れない時は医者を頼ることです」

「ご心配ありがとうございます。そうさせてもらいます」

「キルトもすぐに帰って来るでしょう。またこちらから訪ねると言っておいてください。今日はご苦労様でしたユートくん、ロックくん」

『黒の雷霆』のメンバーの後について、セレーナさんは去って行った。

俺たちも真っすぐギルドベースに帰る。

「ふぅ……ただいま」

誰もいないギルドは廃墟のようで寂しい。

とりあえずシャワーで体の汚れを落とし、いつでも寝られる態勢を作る。

「キルトさんが帰って来るまで一休み……」

……のつもりだったが、突然グラッと意識が遠のく。

ああ、これがセレーナさんの言ってた体力の前借りか……。

もはや限界……。自室のベッドに寝転んだ俺は、プツンと糸が切れたように眠りに落ちた。

◇　◇　◇

糸が切れたように眠っているのはユートだけではない。

まだ上級の『黒の雷霆』のギルドベース、その立派な建物の最上階にあるギルドマスターの部屋でヘイズ・ダストルは眠っていた。

「んぅ……ぐぐ……っ」

目を覚まし、体を起こした彼の頭に悪夢のような光景がよぎる。

犯してきた罪の数々を突きつけられ、上級認定を取り消される……そんな光景だ。

「ははは……酷い夢を見たもんだぜ……」

ベッドから見える部屋の様子は変わらない。そう、何も変わっていないんだ……。

「夢じゃないわよ」

現実逃避の最中だったヘイズを引き戻したのは、セレーナからの取り調べを終えたシウル・トゥルーデルだった。

「嘘だ……！　そんなはずはない！　俺が必死に築き上げた『黒の雷霆』が……！」

「現実よ、現実。このギルドの上級認定は取り消される」

「うぅ、ううっ……！　俺が何したって言うんだよ……！　こんな仕打ち……！」

涙目のヘイズはシウルの体を求めて立ち上がる。

しかし、シウルは胸に顔をうずめようとするヘイズを拒絶した。

「ど、どうしたんだよ……。いつもみたいに俺を癒してくれよ……！」

「私たち……終わりにしましょう。それとギルドも抜けさせてもらうわ」

まさに泣《な》きっ面《つら》に蜂《はち》……。ヘイズの表情から感情が失われる。

「え、俺が上級ギルドのマスターじゃなくなるからか……？」

「違うわ。たとえあなたが今回の騒動を上手く乗り切って、上級認定を死守したとしても……私はこのギルドを抜けていたわ」

「意味がわからない……！　なぜそんなことになる!?」

「私は自分の夢を思い出した。その夢を叶えるためには、このギルドじゃいけないのよ」

「夢……だぁ？　ああ、死んだ父親が遺《のこ》した魔獣図鑑を完成させるってやつか？」

「魔獣図鑑に完成はない。魔獣は進化を続けるから……。だから私は図鑑を改訂《かいてい》し続け、魔獣に立ち向かうすべての人のために戦ったお父さんの遺志を……！」

「そんなことお前には無理だ！　このギルドに来てから何も進んでないくせに！　環境を変えれば

上手くいくなんて甘い考えは通用しないぞ！」

「そうね……。上級ギルドのマスターの女という恵まれた立場にいながら、私は夢から目を逸らし続けていた……。でも、そんな私の目を覚まさせてくれる人がいたの。何度道に迷っても、たどり着くべき場所を照らしてくれるような……そんな人に。私はその人のそばにいたい。女として取り入るのではなく、1人の人間として肩を並べて……！」

「まさか、その人ってのは……ユート・ドライグか⁉」

シウルは答えなかったが、その表情は正解だと物語っていた。

「そんな……！　俺があいつに劣《おと》るっていうのか⁉　人としても、男としても、冒険者としても、社会的な立場も……俺の方が上だぞ！　たとえ上級認定が取り消された後でもだ！」

「あなたと過ごした時間……決して無駄じゃなかったわ。今までありがとう」

「行くな！　俺はギルドから抜けることを絶対に認めないぞ……！」

「バイバイ、ヘイズ」

ヘイズの言葉を無視し、シウルは部屋から出て行った。

上級認定に続いて最高の女まで失ったヘイズは、無意識のうちに膝から崩れ落ちる。

「あ……ああ……。ユート……ドライグ……！　あいつは俺からすべてを奪うつもりか……！」

叫びと共に拳を床にぶつける。それくらいしか、今の彼には出来ない。

◇　◇　◇

「そこの美人さん、もう行くのかい？」

ギルドベースの1階に降りて来たシウルに声をかけたのはマリシャだった。

「ええ、彼とは話をつけてきたから」

「本当？　なんか上の方から叫びと物音が聞こえて来るんだけど」

「平和的な対話の結果よ」

「ふーん、じゃあ私がミスってマスターしか使っちゃダメな装置をいじって、あんたのライセンスから『黒の雷霆』所属という情報を消しちゃったのは問題ないってことだ」

シウルは驚いてライセンスカードを取り出す。

マリシャの言う通り、そのカードからは所属ギルドを表すエンブレムが消えていた。

ユートが追い出された時もそうだが、ライセンスカードというのは特殊な装置によって、少し離れた位置にいても書き換えが可能なのだ。

「どういう風の吹き回し？　私のこと嫌いだったんじゃないの？」

「自分より若くて美人でいい男を捕まえてる女を嫌いにならない女はいないさ。まあ、許してくれとは言わないし、罪滅ぼしでもないけど……死の恐怖を感じれば人間丸くなるってことだよ」

「ふーん……ありがと。あなたはこれからどうするの？」

「まっ、冒険者としての経歴には傷がついたし、ペナルティも相応に覚悟しないといけない立場だからねぇ……。いろいろ清算《せいさん》し終えたら足を洗うのも悪くないかも。金は貯め込んでるしね」

「じゃあ、あなたも上手く抜けられることを祈ってるわ」

「ありがと。私は優秀だからヘイズが手放したがらないかもしれないからねぇ。最悪また装置をいじらせてもらうとするよ。そのための実験はすでに済ませてあるしね」

「ふふっ、自分のために私を利用した……ってことにしておくわ」

シウルは『黒の雷霆』を去った。

そして、その足で『キルトのギルド』を探し始める。

『キルトのギルド』は王都でも外れの方の下町にあり、少し前まではキルトが一人で仕事を受けているだけだったため、その存在を知っている人は極端に少なかった。

シウルがわずかな情報を頼りに『キルトのギルド』の拠点を見つけた時には、もう日が沈《しず》んであたりは暗くなっていた。

夜の下町は危険だ。シウルはためらうことなくギルドベースの扉を開いた。

「ごめんください」

「はいはい、何の御用で……おっ！　君はアルタートゥムにいた女の子だね」

「はい、シウル・トゥルーデルと申します」

「私はキルト。ギルド『キルトのギルド』のギルドマスターのキルトだ。覚えやすいだろう？」

「え、ええ……まあ……」

「それで『黒の雷霆』所属の君がこのギルドに何の御用だい？」

いきなり核心《かくしん》を突くキルトに対して、シウルもまた前置きなしで本題を突っ込む。

「私をこの『キルトのギルド』に入れてください。『黒の雷霆』は辞めてきました」

「ほう……それはまたどうして？」

「それは……私の夢を叶えるためです！」

「……お茶でも飲みながら聞かせてもらおうかな」

キルトはシウルを招き入れると、ぎこちない動きでお茶を入れ、カップを差し出す。

そして、２人はテーブルを挟んで向かい合った。

「何か思い詰めたものを感じたよ。無理して話す必要はない。軽く要点だけで……」

「いえ、ずっと誰にも話したことがなかったからこそ誰かに話したいんです。それにこの夢の話はキルトさんみたいに強くて、芯《しん》のある人に聞いてほしくて……」

「君がそう言うなら、私も覚悟して聞こう」

「ありがとうございます。まず、私の父は優秀な魔獣学者でした。若いながら学会をリードし、早くに亡くなった母の代わりに男手一つで私を育ててくれました。そんな父が魔獣の生態を調査するために向かった先で……魔獣に襲われて……死にました……」

シウルは震え、言葉が出なくなった。

それを察したキルトは話を前に進める。

「君はお父様の死に納得がいっていない。その死の理由を探ろうとしている。そして、おそらく……すでにそのしっぽを掴んでいる。それもなかなか恐ろしい猛獣のしっぽを……」

一を聞いて十を知る。キルトの言葉はシウルの言いたいことを完璧に捉えていた。

「はい……。父は魔獣研究を役職とする貴族、ズール男爵と頻繁《ひんぱん》にやり取りをしていました。そして、父が死ぬことになった調査も男爵の依頼であることを……私は知っています。さらに父が死んだ後、家と一緒に研究成果の数々が差し押さえられ、私は住む場所を追われました。今思えば、あの強引なやり方は貴族のような権力がある者にしか出来ない気がするんです」

「なるほど、それでズール男爵の依頼をよく受けている『黒の雷霆』に……」

「各地を転々としながら情報を集め、やっとたどり着いたギルドでした。自分で言うのもなんですが、見た目は良かったので人に取り入るのには苦労しませんでした。でも……ズール男爵は違いました。初めて目にした時から、その傲慢さが恐ろしく……私のこともまったく興味がなさそうで、この人から父の情報を聞き出すのは無理だと思ってしまったんです。それどころか、私があの学者の娘だとバレたら、私まで死ぬことになるんじゃないかって……」

「その判断は間違ってないと思うよ。ズール男爵は魔獣にしか興味がないともっぱらのウワサさ。下手に近寄らなかった君は正しい」

「でも、それからは苛立ちながら時間を浪費するだけで……。父のことも忘れようとしていたんですよ……！　だけど、ユートを見ていたら私も立ち向かわないといけないなと思って……。私もユートのように変われますか……？」

「ユートくんは何も変わってないと思うよ。それこそ『黒の雷霆』にいた頃から真面目にコツコツ仕事をしていたはずさ。変わったのは環境の方で、彼はその環境で自分の力を遺憾《いかん》なく発揮するようになっただけだよ」

「じゃあ、私はダメですね……」

「いや、シウルちゃんも本当の自分を取り戻せばいいんだ。思い出すのが辛いから封じ込めてしまった自分を……。お父さんといた時の記憶を……。そして、真実を……！」

「キルトさん……」

本当の自分を肯定してくれるキルトの言葉。今のシウルにとって、それ以上に心強いものはない。

「私のギルドにようこそ。そして、話してくれてありがとう。私はシウルちゃんの味方だよ」

「私……武器も扱えないし魔法も全然未熟です……！　自分のことばっかりで……ギルドの役には立たないかもしれないです……！　それでも……いいですか？」

「いいよいいよ、これから勉強すればね。特に魔法に関しては何か特別なものを感じるから、私はすでに楽しみで仕方ないな」

「自分勝手な話ばかりですみません……。その上、最後に1つお願いがあるんです……」

「なんだい？」

「男爵のことはユートに言わないでほしいんです。それを知ったら敵意をむき出しにして、突っ込んで行っちゃいそうな気がして……」

「あははっ、確かにそうだね！　このことは女2人の秘密にしよう」

キルトはシウルの口に人差し指を当てた。

「君には君の戦い方があるんだよね」

「はい……。父が遺した魔獣図鑑を改訂するために魔獣の研究を続けていれば、いずれ男爵の方から真実をぶら下げて私に近づいて来る気がするんです。魔獣にしか興味がないからこそ……。でも、そうするとキルトさんやユートに危害が及ぶ可能性も……」

「大丈夫よ。力で押さえ付けようとする相手には容赦しない。私のギルドのメンバーは私が守る」

キルトの瞳には母性と暴力性が宿っていた。まるで子を守るために凶暴化する母熊のように。

「これからよろしくね、シウル・トゥルーデルちゃん」

この日、ギルド『キルトのギルド』に4人目のメンバーが加入した。

◇　◇　◇

「……ユート、大丈夫？　ちゃんと生きてる？」

耳元で声が聞こえる。どこかで聞いたような、聞いたことがないような、そんな声だ。

「う……うん……。死んじゃいないよ……。死ぬほど体がダルいけど……」

「良かった……！　もうお昼だから様子を見て来いって、キルトさんに言われたんだ」

「なら、もう少し寝かせて……って、ええっ⁉」

俺の顔を覗き込んでいたのは……シウルさんだった！

どうりでなんか聞き覚えのある声だったわけだ！

「どうしてここに⁉」

「私は昨日で『黒の雷霆』を抜けて、『キルトのギルド』のメンバーになったの」

「昨日でって……今日も普通に『黒の雷霆』で仕事してたんじゃ……」

「日付変わってるよ」

「ええっ⁉」

時計を見るとお昼過ぎ。

俺が落ちるように寝たのは夕方だったから……また疲れて昼過ぎまで寝てしまったのか⁉

「くっ、まだまだスタミナが足りないなぁ……俺！」

「そんなことないよ！　ユートは十分頑張ったじゃない！」

シウルさんは憑《つ》き物《もの》が落ちたような清々《すがすが》しい表情をしている。まるで別人みたいだ……！

彼女の目って吊り上がってるイメージだったけど、実際は少し目じりが垂れてるんだな。

こんなに顔をまじまじと見つめたことって、今までになかったかも……。

「と、とりあえず、着替えるんで下で待っててください！」

「え、私は気にしないよ？」

「俺は気にするんです！」

シウルさんを部屋から追い出し、昨日の出来事を思い出しながら着替える。

アルタートゥムの遺跡群、硬い魔獣の甲羅や殻を集める依頼、魔獣に襲われていたシウルさんを助けたこと、魔鋼兵の出現、高魔元素抽出機、管理の怠慢、検査官のセレーナさん……。

それに白亜の魔鋼兵、キルトさんの圧倒的な強さ、グランドギルドのメンバーという過去、『次世代の最強冒険者《ニア・グランドマスター》』の称号……。

連日こんなに事件が起こったら、そのうち俺の頭はパンクしそうだ。

「あれ？　ロックがいない……」

部屋のどこを探してもロックが見当たらない。もう下に降りているんだろうか？

「ユート〜！　まだ着替え終わらないの〜？」

「もうちょっとです！」

シウルさん……部屋の前で待ち構えてるな……。

俺が寝ている間に何が起こったのか、そして今回の事件がどう終結したのか、キルトさんに聞かなければ！

「お待たせしました」

部屋を出て1階に向かうと、待ち構えていたシウルさんは俺の後ろをついて来る。

「その服ちょっと地味じゃない？」

後ろから背中をツンツンされる。

「少し前までお金がなかったので……」

「ああ……私の元カレがごめんね！」

シウルさんは手を合わせて苦笑いする。

「元カレ……ってことは別れたんですか？」

「ええ、ギルドを抜ける時にね。私から振ったんだ」

「へ～、結構仲のいい2人だと思ってましたけど……やっぱり昨日のことが？」

「うーん、正直昨日のヘイズの態度は、彼を知る人間からしたら想定内の内容だったじゃない？」

「確かに……！」

「まあ、想定内であっても失望に値する態度なのは間違いないけど、別れる決め手になったのはヘイズと『黒の雷霆』より魅力的なものを見つけたから……かな」

「なるほど、それが『キルトのギルド』ということですね？」

まず『黒の雷霆』より魅力的なギルドなのは間違いない！

そして何より、キルトさんがとっても頼れるギルドマスターだ！

シウルさんもあの強さと優しさを目撃しているし、惹かれるのも当然と言えば当然か。

「えっと、あー……そういうことね！　ユートが生き生きしているところを見たら、私も一緒のギルドで働いてみたくなっちゃった！」

「その決断は正しいと思います。これから一緒に頑張りましょう」

友好の証として右手を差し出す。

それを見たシウルさんは、まるで握手という文化を知らない人のようにきょとんとした顔をする。

「私のこと……受け入れてくれるの？　私はあなたに……」

「俺はまだ人を見る目があるとかないとか言える人間じゃありませんけど、今のシウルさんと前のシウルさんが違うってことくらいはわかるつもりですよ」

というか、顔を見れば変化が明らか過ぎて怖いくらいだもの。

きっと彼女は性格が変わるくらいの何かを抱え込んでいたんだ。

でも、そこにあえて触れないのが紳士的だと思う俺だ。

「うふふ……ありがとう。同僚としてこれからよろしくね、ユート！」

シウルさんは俺の右手を無視して体に抱き着いて来た！

柔らかな胸がギュッと押し付けられて……こんなの意識するなと言う方が無茶だ！

「あ、あのっ……シウルさん？」

「さて、早く下に降りよう！」

俺の体から離れたシウルさんはさっさと1階に降りてしまった。

まるで今のはただの挨拶《あいさつ》代わりのハグだとでも言うように……。

「……いや、その通りなのかも」

彼女の育った家ではこれが普通の挨拶なんだろうな。

変なことは考えずに、俺も下に降りよう。

◇　◇　◇

「おはようございます、キルトさん」

今日も俺より先に起きて仕事をしているキルトさんに挨拶だ。

もちろんハグではなく、俺は普通に言葉で挨拶をする！

「おはようユートくん。昨日は本当によく頑張ったね」

「ありがとうございます。おかげでまた寝坊です」

「高級ポーションを2本飲んだ次の日に起き上がれるだけでもすごいよ。アレ……効果はすごいけど反動もすごいからね」

「そ、そんなにですか……。でも、俺は結構パッチリ目が覚めてますね」

さっきドキッとするほどの刺激《しげき》を受けたってのもあるけどな……！

「そういえば、ロックを見かけませんでしたか？」

「ああ、ロックちゃんなら訓練所だよ」

「ロックが訓練所に？」

「うん。朝早くから1人で降りて来て、炎を吐いたり、しっぽを振ったり、飛ぶ練習をしてたりとかなりハードな修業をしてるんだ」

「どうしてロックがそんなことを……。いや、素晴らしいことではあるんですけど」

「これは私の想像だけど、きっとロックちゃんは昨日の戦いが相当悔しかったんだと思うよ。シウルちゃんの話だと、魔鋼兵にトドメを刺せたのはユートくんだけだったみたいだし」

確かに魔鋼兵の装甲は硬くて熱にも強かった。

ロックの爪や炎じゃ致命的なダメージは与えられなかったんだ。

まさか、ロックはそのことを気にして修業を……！

「魔鋼兵は対ドラゴンを意識した兵器だったという説もある。もちろん、子どもじゃなくて成体のドラゴンをね。だから、ロックちゃんの攻撃が通らなかったのは仕方ないんだ。逆にユートくんは、成体のドラゴンの牙に魔力を上乗せして使ってるから対抗出来た」

「なるほど……」

正直、俺はロックの力が足りていないとはまったく思わなかった。

トドメは刺せなくたって、炎による目くらまし、動き回る囮、敵のバランスを崩す突進などなど、ロックは多彩な戦い方を見せてくれた。

ギルドまでの帰り道も笑顔だったし、機嫌も良さそうだった。

でも、その心の中には強くならないといけないという気持ちがあったんだ。

ロックは強くて頭が良いだけじゃない。

その精神もまた最強の魔獣なんだ……！

「クー！」

「ロック！」

訓練所からロックが戻って来た！

しかも、翼をパタパタさせて飛んでいる！

「まさか、もう飛べるように……！」

「クゥ〜…………」

……と思った瞬間、ロックは床に着地した。

どうやら飛べるのは数秒だけらしい。

「それでも、すごいじゃないかロック！　よく頑張ったな！」

「クゥ〜！」

ちょっと疲れが見えるが、同時に強い達成感があるみたいだ。

何だか表情も凛々《りり》しくなったような気がする。

「2人とも今日はゆっくり休むといい。ただ、昨日のことをセレーナが聞き取りに来るかもしれないから、それだけは覚えておいてね」

「はい！　……そうだ。昨日、受けていた依頼がまだ達成出来てなくて……」

「それなら私が引き継いでおいたよ。ユートくんの荷物はアルタートゥムに置いてあったし、見た感じ本当にあと少しで終わりだったからね。この依頼はユートくん個人への依頼じゃなくてギルド全体への依頼だから、同じギルドの私がやる分には何の問題もないんだ」

「ありがとうございます。報酬や評価はキルトさんがやった分を引いておいてください。結局のところ、俺は最後までやり切れませんでしたから」

「そう言うと思ったから、その通りに処理してあるよ。まあ、9割方ユートくんの実績だけどね」

おかげさまで心残りが1つ解消された。

あと気になる点は……。

「あの後、アルタートゥムでは何事もなかったですか？」

「うん！　4、5体暴れる魔鋼兵がいたけど問題にはならなかったね。しばらくしたら動く個体もいなくなったし、バッテリー交換の効果が出たんじゃないかな？　その後はグランドギルドの援軍がすぐに来たし、現場の引継ぎもスムーズだったよ」

「なら良かったです」

「今後アルタートゥムの遺跡群をどう管理するか……。それを決めるのは国だから、安全対策に関する結論が出るのはまだ先になりそうだよ」

まあ、そうなるよなぁ。

とりあえず、こちらもまた1つの区切りを迎えたと考えていいだろう。国の方針に口出しする力は俺にないしな。

さて、そうなると最後に聞きたいのは『黒の雷霆』の今後ということになるが……。

「ごめんください。『キルトのギルド』はこちらでよろしかったでしょうか？」

扉を開いて現れたのは検査官セレーナ・シュトーレンさんだった。

「ええ、ここが私のギルドですよ先輩」

「なるほど……外観はちょっと寂れて見えるけど、中はなかなか雰囲気の良いギルドじゃないか」

「そうでしょう？」

「ああ、よくこんな物件が手に入ったものだ」

「王都と言えど、下町はいろいろお安いんですよ」

「ふふっ、お前も結構マスター姿が板についているな」

セレーナさんをテーブルに案内し、俺も同じテーブルについた。

彼女がここに来た理由は明白だからな。

セレーナさんは気さくな雰囲気から、検査官の顔つきに変わる。

「思ったより元気そうでビックリしましたよ、ユート・ドライグくん。正直、今日の訪問は空振りに終わると覚悟していました。あの高級ポーションを2本も飲んでいるのですから、まだ寝込んでいるものだと」

「あはは……こう見えて体力には自信ありますから」

お金持ちになったらいくらでもポーションが飲めるという考えは捨てないといけないな。

自分自身の健康のためにも……！

「さて、まずはあなたがアルタートゥムの遺跡群にいた理由から聞かせていただきましょうか」

「はい！」

俺は順を追ってあの日の出来事を話した。

まあ、基本的には襲い掛かって来る敵と戦っていただけのことだ。

こちらから話せることは洗いざらいすべて話す。やましいことなんて何もないからな。

「なるほど、ありがとうございます。ユートくんの証言と他の関係者の証言は完全に一致しています。これでグランドマスターへの報告書を作成することが出来るでしょう」

「お役に立てたようで何よりです。……あの、1つ質問してもいいですか？」

「それは『黒の雷霆』のことでしょうか？」

「そうです。この後どうなるのかなぁ……と」

「……ここにいるのは関係者ばかりなので特別に申し上げましょう。『黒の雷霆』の上級認定は取り消されます。今回の事案以外にもいくつか粗がありましてね。もはや確定的と言って差《さ》し支《つか》えありません」

「上級認定が取り消されるとどうなるんですか？　何かペナルティがあるとか？」

「ペナルティは事案ごとに与えられるもので、取り消し自体にペナルティはありません。ただ、上級ゆえに与えられていた特権は剥奪《はくだつ》されます。例えばギルドベースを構える際、月々にかかる家賃や土地代に補助金が出なくなりますから、もう中心街にギルドベースを置き続けることは難しいでしょう」

「あの拠点を手放すことになるのか……。まあ、それくらい仕方ないですよね」

「ええ、人はそれぞれ身の丈に合った環境で頑張れば良いのです。心を入れ替えて努力すれば、またあの場所へ戻ることも不可能ではありません」

プライドを砕かれ、女に逃げられ、活動の拠点を奪われ、上級の肩書きを失ったヘイズが心を入れ替えて1人の冒険者として頑張る……とは思えないが、次に何をするのかも読めない。

案外すべてを投げ捨てて田舎に帰るかもな。それはそれで欲にまみれた男の末路として妥当《だとう》だ。

ただ、気になるのは幹部たちの動きだな……。あのギルドは一枚岩じゃない。明らかな反ヘイズ派も存在していた。彼らがヘイズの失脚後どう動くか……。

まあ、少なくとも、俺とは関係ないところで活動してくれると嬉しいんだけどな。

「では、聞き取りも終わりましたので、ここからは報酬の話をしましょうか」

「報酬ですか……？」

「はい。先日のギガントロールの件と昨日の魔鋼兵の件、どちらも自らの命を懸けて他者の命を守るという、冒険者として大変称賛《しょうさん》されるべき行いです。グランドギルドはそういった勇気ある冒険者への評価を惜しみません」

セレーナさんは笑顔を見せると、持って来たカバンの中から袋を取り出した。

中身がたくさん詰まった、ずっしりと重そうな袋だ……！

「こちらは褒賞金《ほうしょうきん》となります。どうぞお受け取りください。同時に冒険者ランクはD級からC級へ昇格となります。ご確認ください」

「え、えっと……ええっ!?」

頭が混乱する……！

目の前にはたくさんのお金の入った袋。

それについこの間D級になったばかりなのに、もうC級だって!?

「い、いいんですか？」

「総本部は冒険者に忖度《そんたく》などしません。これが正当な評価です。それ以上でも、それ以下でもありません。胸を張って受け取ってください」

「最近D級になったばかりですが……」

「あなたは冒険者として2年以上の実務経験がありますし、任務だって数多くこなしています。他に必要なものは大きな実績だけだったのです」

「それでも2年でC級って結構早いですよね？」

「確かに早い部類ですが、前例はいくらでもあります。そこでニコニコしている彼女なんて1年とかからずC級を通過していますから」

キルトさんはニコニコしながらこちらに手を振る。

まあ、彼女の場合は納得出来るが、まさかこの俺がC級とはなぁ……！

「わかりました。期待に恥じない働きをしようと思います！」

「良い心がけです。C級は冒険者として中堅。現場で自分より下のクラスの冒険者と出会う機会も増えるでしょう。その時はぜひ彼らを導いてあげてください」

「俺が誰かを導く……？」

「ええ、あなたなら出来ます。いえ、もう出来ているのですから」

「はい、頑張ります！」

ロックと出会ってから目まぐるしい毎日だけど、俺は確実に前へ進んでいる。

積み重ねてきたものは無駄にはならないんだ。

「さて、聞くべきことは聞き、伝えるべきことは伝えました。私はこの辺で失礼しますね」

立ち上がったセレーナさんをキルトさんが呼び止める。

「今日は新メンバー加入とユートくんの昇格を祝ってパーティを開くつもりですけど、先輩もどうですか？」

「何を言っているのです。グランドギルドの検査官は夜も仕事ですよ？」

「ああ……そうでしたね」

「でも、手が空いたらふらっと立ち寄るかもしれません。その時はよろしく」

セレーナさんは微笑みを残して去って行った。

これで俺が今日やるべきことは終わった……と思っていたら、また新たな来訪者がやって来た。

「オッス！　俺だよ、コーボだよ！」

体格が良く肉感的な赤髪の女性……。

コーボ・レープクーヘンさんは、王都の中心街に店を構える工房『コーボの工房』の代表者で凄腕の職人さんだ。

「まさか、俺に防具作製を依頼したことを忘れたりしてないよな……？」

「そ、そんなわけないじゃないですか！　ちゃんと覚えてますよ！」

実はちょっと記憶が飛んでいたなんて言えない……。

あまりにもいろんなことが起こったからな……。

「確か完成まで1週間は見てほしいって言ってましたけど、まだ3日しか経ってませんよ？　まさか、何か作業中にトラブルが……」

「逆だ。あの素材は素直過ぎて、もう完成しちまったんだよ。それで俺は早くこの大傑作を納品したくて納品したくて……自分でここまで来ちゃったというわけさ！」

コーボさんは荷物を背負っている。

まさか、あの中に……！

「持って来たぜ。竜の卵の殻を使った世にも珍しい防具をよ！」

コーボさんはドンッとテーブルに荷物を置き、ガサゴソと中身を取り出す。

品物が傷つかないように紙でちゃんと包装してあるんだ。

「まずは胸を守るチェストプレートだ！」

ロックのウロコを思わせる紅色のプレートはまるで金属のような光沢《こうたく》がある。

でも、その素材は金属ではなく卵の殻なんだ。

「元の卵は白地に赤褐色《せきかっしょく》の斑点って感じだったけど、打って鍛えてるうちに自然とこの色になったのさ。なかなか派手で綺麗だろ？　こんな防具を着けてたら目立つこと間違いなしだぜ！」

確かにこんな鮮やかな赤系統の防具って見かけないよな……。

とはいえ、ドラゴンそのものを連れている方がよっぽど目立つし、派手さは今更気にするまでもないか。

「かなり薄くて軽い感じですけど、強度は問題ないんですか？」

「ああ、強度は保証する。作り始めた当初はあまりにも素直に形が変わるもんだから実は柔らかいんじゃないかと不安になったけど、俺が思う形に近づくごとにどんどん硬くなって、今じゃその形を崩せない状態になってる」

「形を崩せない……？」

「そうさ。まるであの卵の殻がこの形になりたいと望んでいるみたいにな。だから、強度に関しては何も心配はいらないぞ」

卵が望んでいる……か。

なんとも不思議な話だが、ドラゴンの卵ともなればそういう現象も起こり得るのかも……。

「卵の殻以外の素材もかなり強度にこだわってる。金具の部分はうちで独自に作り出した特殊合金『レープ合金』を使ってるし、ベルト部分も企業秘密の特殊繊維《せんい》『コーボン』を使ってる。卵の殻の足を引っ張らないようにしてあるのさ」

「それはすごい……！　着けてみてもいいですか？」

「もちろん！」

深紅《しんく》のチェストプレートが守れる範囲はそんなに広くない。だからこそ、俺の動きをまったく邪魔しないんだ。腕は自由に動くし、腰をひねったり屈んだりするのも問題ない！

普通の金属製プレートより圧倒的に軽いし、着け心地も抜群《ばつぐん》だ。

これで強度もあるって言うんだから、もう他の防具じゃ満足出来ないかも！

「すごくしっくりきます。流石はコーボさんです！」

「驚くのはまだ早いよ。ヘルムはさらにこだわった形にしてあるんだぜ！」

続いてコーボさんが取り出したのは……紅色の帽子だった。

前につばがあって、頭を入れるところが円筒形になっている。

確かワークキャップとかいうやつだったかな？

街中でよく見かけるし、冒険者の中にも愛用者がいる。

「最近、ヘルムはダサいって言って着けない冒険者が多いんだ。まあ、わからなくはないぞ？　髪の毛とかほとんど隠れるし、金属製はなんだかんだ重いし、さらには蒸《む》れるしな。だから、うちとしてはデザインにこだわったカジュアルなヘルムを作ってるんだが……そうなると強度が犠牲になりがちだった」

コーボさんは自分の手で俺に帽子を被せた。

着け心地は少し硬めだが、帽子の感触に非常に近い。

「しかし、こいつは違う！　着け心地、軽さ、デザイン、強度……そのすべてをクリアした新時代のヘルムなのさ！」

「新時代のヘルム……!?」

帽子型のヘルムに触れてみると、ほんの少しだが弾力というか柔軟性があるように思えた。

チェストプレートはカチカチなのに、同じ素材で出来ているヘルムには柔らかさが残っている。

これもドラゴンの神秘《しんぴ》なのか、それともコーボさんの腕前なのか……!?

「唯一解決出来てない問題があるとすれば……素材の入手難易度かな。同じ物を作れと言われても素材がないから無理な話だってね」

「壊したりなくしたりしないように気をつけます」

「いや、壊す分には問題ない。貴重と言っても防具だからな。持ち主の代わりに傷つくのが仕事なのさ。ただ、壊れた時は出来る限り破片を持ち帰ってくれ。貰った卵の殻は全部使っちまったから、直すための素材すら手元にないんだ」

「わかりました。素晴らしい防具を作っていただき、ありがとうございます」

「まっ、どうしても良い物を作れてしまうのが俺だからな！」

「キルトさんもありがとうございます。お金を出していただいて……」

「いいのいいの。ユートくんが元気に頑張ってくれることに比べれば安いものよ」

防具を変えるだけで、何だか格段に強くなった気がしてくる。

竜の牙から削り出された剣と、竜の卵の殻から打ち鍛えられた防具……。

セレーナさんが俺のことを「竜騎士」って表現してたけど、あながち間違いではないのかも……とか、ちょっと調子に乗ったことを考えてみたりする。

「んじゃ、俺は帰るぜ。後回しにした仕事を消化しないといけないからな！　完璧に作ってあるとは思うが、違和感があったら言ってくれ。すぐに調整する」

「何から何までありがとうございます」

「なぁに、そこまでが仕事よぉ！」

コーボさんがカッコ良く去ろうとした時、ギルドの扉が外から開いた。

そして、見覚えのある女の子が母親を連れて入って来た。

「おじゃまします！　トカゲさんにお肉を持って来たよ！」

ギガントロールに襲われた馬車に乗っていた女の子は、その手に肉片や骨が入った大きなバケツを持っている。

これは……一体何の肉なんだ……？

突然の出来事にギルド内は妙な緊張感に包まれた。

空気の変化を感じ取って慌てて口を開いたのは、女の子のお母さんだった。

「あ、あのっ！　私たちは一家で肉屋を営《いとな》んでまして、あの時助けていただいたお礼にお肉を持って来たんです。いろいろあって訪ねるのが遅くなってしまいましたが……」

「ママが持ってるのは高いお肉！　私が持ってるのは売れ残りとか捨てる部分だよ！」

「こ、こらっ……！　う、うふふ……！　こっちのバケツのお肉はトカゲさんにあげるってこの子が聞かなくって……！」

「トカゲさーん！　ご飯だよ！」

「ク～！」

ロックは床に置かれたバケツを覗き込む。

そして骨を1つ前足で掴み、炎を吹きかけてこんがりと焼いた。

その後はバキバキと強靭《きょうじん》な顎で噛み砕いて食べていく。

「トカゲさん美味しい？」

「ク～！」

「良かった！」

ロックなら、捨てるしかない骨でも美味しく食べられるわけだな。

修業の後でお腹が空いていたのか、ロックはみるみるうちにバケツの中身を平《たい》らげた。

「また持って来るね！」

「クー！」

「よしよ～し」

女の子はロックの頭を撫でる。とても微笑ましい光景だ。

俺も肉が食べたいなぁと思っていると、女の子のお母さんが俺に他の肉を差し出して来る。

「こちらのお肉は人でも食べられる物ですので、ぜひ早いうちに召し上がってください」

「ありがとうございます！」

「軽く焼いて塩を振るだけでも美味しいですよ。臭みとかも全然ないので」

「それはすごい！　夕食はこれで……」

「なら、せっかくだしバーベキューをしようよ！」

シウルさんが「閃《ひらめ》いた！」と言わんばかりに声を上げる。

「今日はユートの昇格と私の加入を祝うパーティなんですよね？　キルトさん？」

「うん、そのつもりだよ」

「そこに良いお肉が来たとなれば、やることはバーベキューだけ！　野菜も買って来て広い場所……訓練所で焼きましょう！」

「でも、うちのギルドにはそんなシャレた調理器具はないんだよね……。ずっと1人でやってたしバーベキューなんて夢にも……」

「あ……」

盛り上がった空気がしぼみ始めた時、ギルドの隅っこに逃げていたコーボさんが口を開いた。

「あるよ……。ノリで作ったけど食べた後に洗うのがめんどくさくて使わなくなったバーベキューセットが工房に……」

そうだ、コーボさんは魔獣が苦手なんだ。

さっきは完成した防具を披露するのに熱中してたから平気だったけど、冷静になったらロックの存在が気になり始めたんだ。

「俺もパーティに参加させてくれるなら持って来るぜ……」

「はい、ぜひ参加してください」

「よ〜し、仕事はまた後回しだ……！」

コーボさんは逃げるようにギルドを飛び出し、バーベキューセットを取りに行った。

「では、俺たちも準備を始めましょうか！」

こうなると肉が足りないので女の子のお店から追加購入だ。

そして、ここで初めて女の子の名前を知った。

「私の名前はリンダ・フライシュ！　お店の名前はフリッシュ・フライシュだよ！」

リンダはお母さんの言うことを聞かず、バーベキューに参加すると言い張った。

最後にはお母さんの方が折れて、俺たちにリンダを預けることになった。

「私は外せない用事があって……。すみません、リンダのことよろしくお願いします」

「はい。責任を持ってお預かりします」

肉を購入し、リンダを連れてギルドに戻る。

野菜担当のキルトさんとシウルさんはすでに目当ての物を購入し、ギルドのキッチンで調理に入っていた。

……だがしかし、２人は料理が相当苦手なようだ。

包丁の持ち方からして素人そのもので、ゆっくりと野菜をバラバラの大きさに切り分けている。

まあ、シウルさんはわかるんだけど、あれだけ剣を振れるキルトさんがなぜ包丁を扱えないのかは謎だ……。

この疑問を素直に本人へぶつけてみた。

「いやぁ、包丁って自分の手を切る可能性があるでしょ？　それに野菜は敵じゃないし、イマイチ集中出来ないんだよねぇ」

敵を倒すというモチベーションがあの力と技を生んでいるんだ。

そこは見習わないといけないけど……料理は俺の方が上手いな！

キルトさんも万能じゃないんだと思うと、何だか親近感が湧いて来る。

そんなこんなでちょっと歪《いびつ》に、でも食べるには十分な形に野菜が切り分けられた。

訓練所ではすでにコーボさんがバーベキューセットの準備を完了しており、ロックの吐く炎で着火するところだった。

「い、いいか？　ここに軽ーく火をつけるんだぞ……！」

「クゥ！」

コーボさんの指示に答え、ロックが軽ーく炎を吐いて中に入っている炭を燃やす。

相変わらず火力の調整が上手いなぁ～。

「サンキュー……！　あとは俺がやるから離れてても大丈夫だぞ～……」

「クー！」

「ひぃっ！　だからなんで寄って来るのよ～！」

「ク～？」

ロックがコーボさんに興味津々なのも相変わらずだな。

それはそれとして、バーベキューセットが大きくないか？

工房の従業員全員で使うことを想定した大きさなのかな？

まあ、コーボさんのことだ。大きさに関してもノリなのかもしれない。

「さて、準備も整ったし私が乾杯《かんぱい》の音頭《おんど》を取らせてもらおうかな」

全員飲み物を手に持ち、キルトさんの言葉を待つ。

「正直こういうノリは苦手な方だと思ってたけど、今はとっても幸せというかドキドキしてます。誰かと一緒に働いたり、ご飯を食べたり、お祝いしたり……ずっと避けてたけど今はもう大丈夫。ユートくん、ロックちゃん、シウルちゃん、私のギルドに入ってくれてありがとう」

改まって言われると……照れてしまうな！

誰かに必要とされるって幸せなことだ。

「そして、ユートくんはC級昇格おめでとう！　これは今の君に対する当然の評価だよ。扱える依頼の範囲が広がって、受け取れる報酬も多くなってくる。でも、慢心することも無理することもなく仕事を続けていってほしい。君にとってはC級だって通過点だからね」

みんなが「その通り」と言わんばかりにうなずいている。

こんなに期待されるのは人生で初めてかもしれない。

嬉しさと同時にプレッシャーもある。

でも、これを乗り越えて俺はさらに上を目指す！

「では、シウルちゃんの加入とユートくんの昇格を祝い、『キルトのギルド』のますますの発展を願って……乾杯！」

「「「かんぱ～い！」」」

「ク～！」

俺は腹いっぱい食べた。

それこそ、今までで一番じゃないかってくらい食べた。

リンダのお店のお肉はとても美味しかった。

今までずっと食べて来た硬い肉とは全然違った。噛みながら顎を鍛えているのかと自問自答する必要がなかったんだ。

野菜も美味しかった。シウルさんが『黒の雷霆』にいた時のノリで、高い店から買って来たんだろう。

ちなみにロックは野菜も普通に食べた。

まだ子どもなのに好き嫌いしないのはとっても偉い！

コーボさんはどこからか酒を持ち込んで、シウルさんと一緒に飲んでいた。

キルトさんはあまりお酒を飲まないようで、一杯だけ付き合っていた。

俺とロックとリンダはジュースを飲んだ。

ドラゴンにとって人間が飲む酒なんて水と変わらないかもしれないが、まだ生まれたばかりだから流石に気を遣った。

「あぁ～、こんなに気持ち良く酔うのは久しぶりだじぇ～」

「あちしも～」

お肉と野菜を食べ終えた頃、完全に出来上がっていたコーボさんとシウルさんが地面に転がって寝息を立て始めた。

「あはは、コーボは相変わらずだなぁ」

苦笑いのキルトさんは少し顔が赤いだけで普段と変わらなかった。

でも、そのちょっとした頬の赤さが妙に色っぽい……。

「ユートくん」

「は、はいっ！」

「リンダちゃんを家まで送ってあげて。あんまり遅くなるとお母さんが心配すると思うから」

「わかりました！」

「私はシウルちゃんを部屋に寝かせた後、コーボを背負って工房まで送っておくから」

俺とキルトさんは分担してお客さんを送り届ける。

リンダがロックと離れがたそうにしていたので、俺はロックも連れてギルドベースを出た。

そういえば、セレーナさんは結局来なかったな……。

街灯に照らされた通りを歩きながら、少し寂しい気持ちになる。

「やっぱり検査官って忙しいんだな……」

「ええ、忙しいんですよ」

「うわっ!?　セレーナさん!?」

背後に本人がいた！

「すみません、もうパーティは終わってしまいまして……」

「それならいいんです。実は今も仕事中でして、とても時間を割けそうになく……。私を待っていると申し訳ないと思い、一言だけ断りを入れに行こうとしてたところなんです。でも、ユートくんに出会えたのでもう大丈夫ですね」

「キルトさんには伝えておきます。あの……頑張ってください」

「ありがとうございます。またプライベートな時間が作れたら、君のギルドを訪ねようと思います。それでは、いずれ……」

セレーナさんは足早に去って行った。初めて彼女を見たリンダは、ポカーンと見送っていた。

忙しい彼女の手を煩《わずら》わせないためにも、『キルトのギルド』は真面目に運営していかないとな。

その後、無事にリンダを家に送り届けることが出来た。

お母さんにお肉のお礼を言い、美味しかったことも伝えておいた。

「バイバイ、トカゲさん！　また売れ残りとか捨てる部分を持って行くからね！」

「クー！」

玄関先でリンダが大きく手を振ると、ロックもしっぽを振りながら別れを告げたのだった。

役目を終えた俺たちはギルドへ帰る。

日が落ちた王都は少し肌寒く、バーベキューで温まった体を冷やす。

街灯に照らされた通りは家路《いえじ》を急ぐ人であふれている。

「楽しいな、ロック」

「クゥ！　クゥ！」

足元を歩くロックに話しかけると、嬉しそうにうなずかれた。俺の気持ちが伝わったみたいだ。

環境が変わるだけで、見える景色がこんなに変わるとは。

昔はうつむきがちに歩いていた通りも、顔を上げてみると見え方が全然違う。

「クゥ～！」

「おっ、どうしたんだロック？」

ロックが俺の体をよじ登り、肩の上に乗っかって来た。

「なるほど、これなら俺と同じ景色が見えるな」

「クゥ！」

ドラゴンと人間が目線を合わせて歩くなんて普通ならあり得ない。

でも、俺たちにとってはそれが自然なことだ。

これからもロックと力を合わせて戦っていこう！

「明日も頑張ろうな。俺たちの冒険は始まったばかりだ」

「クゥー！」

ギルドに戻ったら後片付けをして、シャソーを浴びて、ぐっすり眠ろう。

流石に明日も寝坊するわけにはいかないからな。

超自由度を誇る新型VRMMO「ワンモア・フリーライフ・オンライン」の世界にログインした、フツーのゲーム好き会社員・田《た》中《なか》大《だい》地《ち》。モンスター退治に全力で挑むもよし、気ままに冒険するもよしのその世界で彼が選んだのは、使えないと評判のスキルを究める地味プレイだった!
——冴えないおっさん、VRMMOファンタジーで今日も我が道を行く!

1〜27巻 好評発売中!

各定価:1320円(10%税込) illustration:ヤマーダ

漫 画:六堂秀哉 B6判
各定価:748円(10%税込)

アルファポリスHPにて大好評連載中!

アルファポリス 漫画 検索

第2回
次世代ファンタジーカップ
大賞!!
&
コミカライズ
決定!!

おとぼけキノコ　ふわふわ白虎　世話焼き家精霊《ボガート》　etc…
おバカで愉快な最強（？）パーティで
第二の人生を楽しみ尽くす！

左遷ってただのご褒美だよね。

王宮の首席魔術師ドーマは理不尽な上司に頭突きをかまして左遷された。これで気楽な研究生活が送れると、ウキウキしながら辺境の地に越したドーマ。幽霊屋敷と呼ばれる曰くつきのお屋敷に集まった新たな仲間は天然な最強剣士や家精霊《ボガート》、白虎……それにキノコ!? 彼は一癖も二癖もあるメンバーと賑やかで楽しい家を作る。しかし、そこに優秀なドーマを僻む怪しげな魔術師が忍び寄り——変わり者魔術師と愉快な仲間達のドタバタなセカンドライフ、開幕！

◉定価：1320円（10%税込）　◉ISBN978-4-434-31645-6　◉Illustration：はらけんし

魔法が衰退し、魔導具の補助なしでは扱えない世界。公爵家の第二夫人の子――美少年フィルズは、モノ作りを楽しむ日々を送っていた。
前世での彼の趣味は、パズルやプラモデル、プログラミング。今世もその工作趣味を生かして、自作魔導具をコツコツ発明! 公爵家内では冷遇され続けるもまったく気にせず、凄腕冒険者として稼ぎながら、自分の趣味を充実させていく。
そんな中、神々に呼び出された彼は、地球の知識を異世界に広めるというちょっとめんどくさい使命を与えられ――?
魔法を使った電波時計! イースト菌からパン作り! 凝り性少年フィルズが、趣味を極めて異世界を改革する!

◉各定価:1320円(10%税込) ◉Illustration:星らすく

この作品に対する皆様のご意見・ご感想をお待ちしております。

おハガキ・お手紙は以下の宛先にお送りください。

【宛先】

〒150-6008 東京都渋谷区恵比寿 4-20-3 恵比寿ｶﾞｰﾃﾞﾝﾌﾟﾚｲｽﾀﾜｰ 8F
（株）アルファポリス　書籍感想係

メールフォームでのご意見・ご感想は右のＱＲコードから、
あるいは以下のワードで検索をかけてください。

アルファポリス　書籍の感想　検索

ご感想はこちらから

本書はWebサイト「アルファポリス」（https://www.alphapolis.co.jp/）に投稿されたものを、
改題、改稿、加筆のうえ、書籍化したものです。

手切《てぎ》れ金《きん》代《が》わりに渡《わた》されたトカゲの卵《たまご》、実《じつ》はドラゴンだった件《けん》
～追放《ついほう》された雑用係《ざつようがかり》は竜騎士《りゅうきし》となる～

草乃葉オウル（くさのはおうる）

2023年　2月　28日初版発行

編集－矢澤達也・芦田尚
編集長－太田鉄平
発行者－梶本雄介
発行所－株式会社アルファポリス
〒150-6008 東京都渋谷区恵比寿4-20-3 恵比寿ｶﾞｰﾃﾞﾝﾌﾟﾚｲｽﾀﾜｰ8F
TEL 03-6277-1601（営業）　03-6277-1602（編集）
URL https://www.alphapolis.co.jp/
発売元－株式会社星雲社（共同出版社・流通責任出版社）
〒112-0005 東京都文京区水道1-3-30
TEL 03-3868-3275
装丁・本文イラスト－有村
装丁デザイン－AFTERGLOW
印刷－中央精版印刷株式会社

価格はカバーに表示されてあります。

落丁乱丁の場合はアルファポリスまでご連絡ください。

送料は小社負担でお取り替えします。


ISBN978-4-434-31646-3 C0093